KB253335

박정수 판타지 장편소설
FANTASY STORY & ADVENTURE

1

제왕록

무장편

dream
books
드림북스

제왕록 무장편 1

새로운 삶

초판 1쇄 인쇄 / 2010년 9월 16일
초판 1쇄 발행 / 2010년 9월 27일

지은이 / 박정수

발행인 / 오영배
편집장 / 김경인
편집 / 윤대호, 신동철
펴낸 곳 / (주)삼양출판사 · 드림북스

주소 / 서울특별시 강북구 송천동 322-10호
대표 전화 / 02-980-2112 팩스 / 02-983-0660
편집부 전화 / 02-980-2116 팩스 / 02-983-8201
블로그 / blog.naver.com/dreambookss

등록번호 / 제9-00046호
등록일자 / 1999년 3월 11일

© 박정수, 2010

값 8,000원

ISBN 978-89-542-3928-8   04810
ISBN 978-89-542-3927-1   (세트)

* 지은이와 협의하에 인지는 생략합니다.
* 잘못된 책은 구입한 곳에서 바꾸어 드립니다.

제왕록
무장편
박정수 판타지 장편소설
1
FANTASY STORY & ADVENTURE
dream books
드림북스

제왕록
1 새로운 삶
One's life Story
of the Emperor

Contents

서장

제왕록(帝王錄)

칼슈타터 마르케시 대제

삼만 년의 장대(長大)한 역사(歷史)를 가진 샤르도네 대륙.

수많은 제국(帝國)과 왕국(王國)이 건국(建國)되고 패망(敗亡)하는 거대한

역사의 수레바퀴 속에 대륙의 일통(一統)을 꿈꾼 자는 많았다.

그러나 절대 이룩할 수 없다 여겨지던 샤르도네 대륙의 일통이 한 사내의

손에 이뤄졌으니. 그가 바로 샤르도네 대륙의 역사상 최초의 통일 제국인

마르케시 제국의 태조(太祖), 칼슈타터 마르케시 대제다.

목차

제1편 농노의 투쟁기, 무장(武將)편

대륙력 833년, 9월.
샤르도네 대륙 동남쪽, 루산느 왕국의 변방 남작령에서 농노 프랭크의
아들, 칼스로 태어나다.

대륙력 845년, 6월.
숲에서 큰 사고를 당해 사경을 헤매다.

대륙력 845년, 9월.
무장(武將)의 자질을 각성하다.

계속

제1장
죽음을 바라다

“우와아아아아!”

장내를 날려버릴 듯한 함성이 귀청 터지도록 울려 퍼졌다. 열광의 도기니 힌가운데에 철상으로 만들어진 8각 링이 있었다.

그리고 그 안에 내가 있다.

뚝!

굵은 땀방울이 턱선을 타고 흘러내려 링 바닥으로 떨어졌다.

적이라 불리는 타인, 상대 선수에게서 눈을 떼지 않은 채 오픈 글러브를 끼고 있는 오른손으로 입술 근처를 훔쳤다. 파란 오픈 글러브의 등에 붉은 피가 묻어나왔다.

혀로 입 안을 훑었다.

비릿한 맛이 느껴졌다.

조금 전 턱을 스친 상대방의 주먹이 매서웠던 탓이다.

상대 선수를 노려보며 천천히 옆으로 움직였다.

당장 다시 붙기에는 숨결이 너무 거칠어서다. 숨을 들이쉬고 내쉴 때마다 어깨가 들썩일 정도다.

"후우—."

깊고 긴 날숨으로 거칠어진 숨결을 강제로 가라앉혔다. 새하얀 수증기 같은 숨이 입술 밖으로 흘러나왔다. 지쳤던 근육이 올올이 되살아났다.

마지막 기력을 근육에 담은 것이다.

동시에 짜릿한 쾌감이 온몸을 장악했다. 그 쾌감이 아우성치는 고통마저 집어삼키며 희열로 진화해 간다.

입가에 미소가 지어졌다.

스윽.

왼발을 푹신한 링 바닥 위로 스치듯 내딛었다. 그리고 자세를 미세하게 낮췄다.

도약 직전에 몸을 웅크리는 한 마리 맹수처럼.

자신이 숨을 고르는 사이 상대 선수 역시 숨을 고른 모양이다. 그의 눈이 날카로운 야생의 짐승처럼 흉흉하게 빛났다.

그 눈빛에 입가의 미소가 더욱 진해졌다.

……!

사방에 쩌렁쩌렁 울려 퍼지던 함성이 그 한 걸음에 거짓말처럼 사라졌다.

관중도 느낀 것이다.

철창 안에 갇힌 두 야수가 마지막 승부수를 띄운다는 것을.

"흐압!"

맹수의 포효처럼 기합을 터트리며 상대 선수가 품으로 뛰어들어왔다.

'끝이다!'

몸속 깊은 곳에서 끌어올린 힘을 폭발시키듯 적을 향해 주먹을 휘둘렀다.

퍼어…….

둔탁한 충격이 짜릿하게 느껴질…….

딸깍!

이질적인 소리가 귀를 파고들었다.

좌르르르!

커튼이 걷히며 눈부신 햇살이 눈을 찔렀다.

'큭!'

눈살이 찌푸려졌을 때 들려온 중년 여인의 피곤에 찌든 목소리가 들려왔다.

"좋은 아침입니다."

강렬한 햇살에 눈이 찔리는 고통이 서서히 사라지고, 억지 웃음을 짓는 한 중년의 여인이 시야에 들어왔다.

'이, 이!'

뺨이 부들부들 떨렸다.

눈을 돌려 시계를 보니 오전 8시 10분.

간호 도우미를 하는 아줌마가 자신을 깨우러 와야 하는 시간은 대학병원 오전 회진 시간에 맞춘 8시 20분.

잠에서 덜 깬 부스스한 눈을 보아하니 제시간이 덜 됐는데도 잠결에 대충 깨우러 온 모양이었다.

눈동자가 정면에 위치한 대형 모니터로 향했다.

그리고 모니터 아래쪽에 위치한 화상키보드를 향해 화를 이기지 못해 벌겋게 충혈된 눈을 깜빡거렸다. 내 눈이 깜빡일 때마다 화면 위에 글자가 한 자 한 자 쓰였다. 그리고 나는 엔터를 향해 눈을 깜빡거렸다.

"이 씨·팔! 시·간 똑·바·로 안 맞·춰!"

어색하기 이를 데 없는 기계음이 내가 방금 입력한 글자를 또박또박 읽었다.

그러자 중년의 간호 도우미의 얼굴이 급격히 굳었다.

짜증이 한가득한 표정이다.

하지만 그녀는 최대한 표정 관리를 하며 허리를 숙였다.

"죄, 죄송합니다."

10분이다.

10분을 일찍 깨워 적에게 주먹을 꽂아 넣는 짜릿한 순간을 놓치게 했다.

그 10분도 바라지 않는다.

1분, 아니 30초만이라도 늦게 깨웠다면……. 눈매가 일그러지고 마음이 뒤틀렸다.

'죄송하다면 다야! 네년 때문에…….'

이렇게 당장이라도 힘껏 고래고래 소리를 지르고 싶었다.

하지만 그러지 못한다.

대신 다시 모니터에 아래에 떠있는 자판을 향해 열심히 눈을 깜빡거렸다.

곧 조금 전과 같은 어색한 기계음이 흘러나왔다.

"꺼·져!"

그 기계음에 중년의 간호 도우미는 결국 짜증 가득한 감정을 얼굴에 드러내며 밖으로 나가버렸다.

'크크크크.'

이 웃음을 입 밖으로 내뱉고 싶다.

하지만 나는 그럴 수 없다.

왜냐고?

빌어먹을 병에 걸렸으니까.

루게릭병이라는, 운동신경만 골라서 죽어버리는 끝에 스스로는 근육을 움직이지도 못하게 되는 지랄 같은 병 말이다.

*　　*　　*

내 이름은 김현.

나이 31살.

남들은 나보고 호강한다고 한다.

발병 후 평균 3~5년 정도면 사망한다는데, 나는 루게릭병에 걸린 지 10년이 넘었으니까. 그만하면 복 받은 것이라고들 한다.

니미 지랄.

내 목소리가 입 밖으로 나왔다면 그런 말들을 하는 연놈들에게 욕설을 퍼부었을 것이다. 어디 욕설만 퍼부을까? 몸만 움직여준다면 멋도 모르고 지껄여대는 주둥아리에 주먹을 틀어박았을 것이다.

눈이 있으면 내 몸을 보라.

죽도 못 얻어먹어 비루먹은 개새끼마냥 피골이 상접해 마치 미라처럼 누워있는 이 몸뚱이가 보이는가 말이다.

혼자서는 먹지도 숨 쉬지도 못해 주위에서 규칙적인 기계음을 토해내는 의료 장비의 도움을 받아 구차하게 명줄만 늘리고 있는 이 몸을.

썩을 너희들이 눈이란 걸 달고 있으면 제대로 처보란 말이다!

몸이 말라비틀어지면서 감각신경마저 끊어져버리면 그나마 편하겠다만, 이 지랄 같은 저주받은 병은 그마저도 용납하지 않는다.

몸은 말라가고 내 의지에서 멀어지건만, 그럴수록 감각은 지나칠 정도로 민감해져 간다.

이런 내가 복 받은 것이라고?

고작 이 병에 걸린 다른 이들보다 조금 더 오래 살아서?

이건 복이 아니라 저주다! 이 개 쌍놈들아!

'봐봐! 눈깔 있으면 보란 말이다!'

왜애앵―.

눈앞에서 내 피 빨겠다고 날아다니는 저 모기 한 마리도 어쩌지 못하는 이 몸뚱이를.

모기가 보란 듯이 눈 아래 뺨에 내려앉아 피를 쭉쭉 빨았다.

느낌이 너무 선명하다.

뾰족한 주둥이를 내 피부에 밀어 넣는 느낌도, 마치 빨대로 피를 빨리는 듯한 느낌도.

'크크크크!'

하지만 손가락 하나 꿈쩍일 수도 없는 나는 그저 말라비틀어진 웃음만, 그마저도 머릿속으로만 그려낼 뿐이었다.

얼마 후 모기 꽁지 뒤로 자그만 핏물이 뚝 떨어졌다.

배가 넘치도록 피를 처마신 모양이다. 모기가 늘어지게 잠이라도 자려는 듯 커튼 속으로 사라지고, 얼마 지나지 않아 뺨이 발갛게 부어오르며 가려운 느낌이 들었다.

그 가려움은 또 하나의 고통이었다.

손만 움직일 수 있다면 살갗이 까지고 피가 날 때까지 시원하게 긁고 싶지만…….

'씨팔!'

또 욕이다.

나도 안다.

이 병에 걸리고 평생 입에 담아본 욕보다 오늘 하루에 쓰는 욕이 더 많다는 것을.

내가 비록 둥글한 성격이라고까지는 말할 수 없지만, 적어도 지금처럼 편협하고 날카롭지는 않았다. 그저 남들보다 더 독기를 가지고 치열하게 살아왔을 뿐이었다.

어쨌든 의사 말에 의하면, 뇌신경장애인 가성연수장애가 와 감정조절이 안 되는 바람에 감정이 격하고 날카로워진다며 어쩌고저쩌고 하는데, 한마디로 지랄이다.

맨정신에 몸만 말라가는데 온전한 정신을 유지할 수 있는 이가 몇이나 되겠는가?

'니미!'

분노는 절망으로, 그리고 체념으로, 그리고 자포자기로 변하며 나를 나락으로 이끈다.

'죽고 싶다.'

생각만이 아니라, 진심으로 죽고 싶었다.

이 몸뚱이는 죽고 싶어봤자 스스로는 죽지도 못한다. 몸이 움직이면, 하다못해 혀라도 깨물 수 있을 만큼만 움직여준다면 모를까.

'지랄…….'

루게릭병에 걸린 주제에 혀나 제대로 자를 수나 있을까. 턱은 그냥 움직여? 턱을 움직이라고 아무리 신호를 보내도 죽어버린 운동신경과 말라비틀어진 턱 근육은 손톱만큼도 움직여주지 않는데.

나는 체념만이 가득 들어찬 심정으로 힘없이 위를 올려다보았다.

고급 실크지로 범벅 되어있는 천장, 그 위에 천박한 화려함을 드러낸 샹들리에.

내가 보아도 병실인지 오성급 고급 호텔의 스위트룸인지 구분이 안 가는 VIP전용 1인 병실이 눈에 들어온다.

자유롭게 움직이지도 못하는 제한된 시선 안에.

이어진 동선.

편안한 시선 안에 들어온 대형 모니터 세 대, 그리고 내 시선에 닿지 않는 곳에 있을 최신식 컴퓨터 세 대.

피식!

자조 섞인 웃음.

이마저도 직접 웃지 못하고 머릿속에만 그려낸다. 웃음마저 허상으로 짓게 만드는 지랄 같은 병 때문에.

복 하나는 받긴 했다.

부모님 잘 만나 집에 돈이 많다는 거.

그렇다고 재벌은 아니다.

그냥 준재벌쯤?

바로 그거 하나. 그 덕분에 편히 1인실에 누워 최신식 컴퓨터에 고가의 대형 모니터를 몇 대나 설치해서 사용하고 있지 않은가?

그렇다고 부러워할 건 없다.

내가 받은 복은 돈밖에 없으니까.

필요한 돈은 주지만 사랑과 관심은 없다는 거.

그 관심을 조금이라도 받고자 내 모든 삶에 독기를 담아 치열하게 살아왔다. 하지만 돌아온 건 이 몸뚱이.

'얼마나 되었지?'

사랑과 관심까지도 돈으로 표현할 수 있다고 믿는 탓인지, 간호 도우미 몇 명 붙여주고 코빼기도 비치지 않는 부모들이니까.

차라리 돈은 없지만 화목한 가정에서 태어나 좁아터진 6인용 병실에서 울고불고 난리치는 것이 더 낫지 않을까 문득 떠올려봤지만, 이내 고개를 절레절레 저었다. 아니, 젓는다고 생각했다.

근육보다도 더 말라비틀어진 내 가슴에 가족과 사랑은 무슨 개뿔.

나는 눈을 깜빡거려 잠시 숨을 죽인 컴퓨터를 깨웠다.

나에게 있어 컴퓨터는 살아도 살아있는 것이 아닌 이 삶에서 유일하게 내 삶을 지탱해준 동반자였다.

내 시선을 따라 모니터 아래에 장착된 자그만 기계가 반짝거렸다. 안구마우스였다. 신체 중 유일하게 움직일 수 있는 게 눈동자뿐인 상황에서, 안구마우스는 나에게 있어 유일한 소통의 도구이고 내 혀이자 손이며 팔이었다.

나는 안구마우스로 포인터를 움직여 어젯밤 잠들기 전까지 시청하던 한 격투기 대회의 결승전 동영상을 다시 재생시켰다.

와아아아!

내 귀의 양 옆에 놓인 스피커에서 찢어질 듯한 함성이 터져나왔고, 이어 서로 노려보는 양 선수의 생생한 호흡이 흘러나왔다.

그렇게 몇 분 정도나 흘러갔을까…….

나는 눈살을 와락 찌푸렸다. 아니, 실제로는 안 되더라도 하려고 했다.

'젠장!'

나는 시선을 옆으로 돌렸다.

방 한구석에 놓인 푹신한 의자에 제집인 양 몸을 파묻고 꾸벅꾸벅 조는 중년의 간호 도우미가 눈에 들어왔다.

그녀의 머리 위에 오만 욕지거리가 마치 영화의 자막처럼 떠올라 주위를 둥둥 떠다녔다.

어젯밤, 생생하던 8각 링 안에서의 혈투.

꿈이었지만 너무나도 황홀했던 그 순간.

빌어먹을 저 간호 도우미가 좀처럼 만끽할 수 없는 최고의 순간을 무참히 짓밟은 것이다.

간절히 원하면 꿈에서라도 이뤄진다고 했다.

그 말을 한 놈에게, 이번에는 무슨 욕을 해줄까?

1년, 365일.

매일매일 잠들기 전마다 내 몸을 마음껏 움직이는 꿈을 꾸길 기도하며 잠을 청한다.

내 간절한 마음은 하늘을 구멍 내고 땅을 뒤집어도 모자라다 여겨지건만, 정말로 그런 꿈을 꾼 것은 이번이 처음이었다.

그 간절한 바람이 이루어진 첫 꿈을 저 찢어 죽여도 시원찮을 중년의 간호 도우미가 무참히 찢어발긴 것이다.

원독에 찬 눈빛도 쥐약 먹은 닭처럼 허공에 머리를 쪼아대는 중년의 간호 도우미를 깨우지는 못하는 모양이다. 그 모습에 허탈감마저 들어 헛웃음이 다 튀어나오려 했다.

개욕을 퍼붓고 온갖 쌍욕을 해대도 결국 아무도 알아주지 않는 미친 짓이라는 사실을 10년 동안 철저하게 배운 것이다. 하긴, 전에는 욕이 입 밖으로 나오기라도 했으니 너무 지나친 과대망상인가?

이렇게 세상의 모든 것에 무심해지는 것일까?

내가 죽어도 슬퍼할 이 한 명 없는 이 현실이 갑작스레 피부에 와 닿은 것은 무슨 이유에서일까?

눈이 쓰라리다.

‘젠장!’

눈물이 나오려는 모양이다.

입술을 꽉 베어 물고 싶건만, 아니, 그도 안 되면 주먹이라
도 움켜쥐고 싶건만…….

나는,

나는……,

아무것도 할 수가 없다.

주르르르.

결국 의미를 알 수 없는, 그래서 아무 의미 없는 눈물이 주
르르 흘러내렸다.

스스로는 닦을 수도 없는 눈물이.

‘크크크크.’

갑자기 미친놈이라도 된 것처럼 갑작스레 웃음이 튀어나와
목구멍을 틀어쥐었다.

남들이 이 웃음을 보고 뭐라고 느낄까?

아마도 죽고 싶지 않다는 의미로 받아들이지 않을까?

죽음을 향한 질주의 마지막 끝에서 흘러나온 주마등의 결과
로 알까?

아님 결국 내가 죽음을 받아들였다고 생각할까?

이젠 그런 생각마저 귀찮아졌다.

그들이 어떻게 생각하든 표현조차 하지 못하는 내가 무얼
할 수나 있을까 싶어 모니터로 눈을 돌렸다. 눈물 때문에 안구

마우스가 뜻대로 움직이지 않고 원하지 않은 폴더를 헤집어놓았다.

'니미럴! 크크크.'

앞선 타인의 생각 때문인지, 아니면 술 처먹은 개처럼 움직이는 마우스 때문인지, 그도 아니면 이제는 그냥 습관이 됐기 때문인지 모를 이유로 치미는 욕을 삼켰다.

나도 느끼는 거지만 이 거지같은 삶이 온전한 정신으로 살게 두질 않는다.

그렇게 헤집어놓은 폴더는 근 1년 간 열어보지 않았던 폴더였다.

폴더의 이름은 무(武).

그 폴더 안에는 무술에 관련된 온갖 동영상이 즐비했다.

순간 고소(苦笑)가 지어졌다.

마음으로만.

그리고 머릿속으로만.

시중에서 흔히 구할 수 있는 교본 형식의 동영상부터 대한민국에서 내로라하는 고수들의 비전들이 담겨있는 동영상까지.

나는 원래 어릴 적부터 땀을 내 몸을 움직이는 것을 싫어했다. 남들은 한바탕 땀을 흘리면 시원하고 개운하다는데, 나는 끈쩍거리는 땀과 입에서 느껴지는 단내가 지독히도 불쾌하기만 했다.

그때까지만 해도 나는 내 의지대로 움직여주는 몸의 고마움을 몰랐었다. 자연스레 숨을 쉴 수 있게 해주는 공기의 고마움을 평생 잊고 사는 것처럼…….

그랬던 내가 군 입대를 며칠 앞두고 루게릭병 판정을 받았다.

그리고 알았다.

생각하는 대로 몸을 움직일 수 있다는 것이 얼마나 큰 축복인지를.

하지만 이미 의지에서 벗어나기 시작한 이 몸으로 할 수 있는 건 그다지 많지 않았다. 그렇다보니 나는 스포츠 시청에 빠져들었다.

그리고 처음 알았다.

스포츠가 그렇게 재미있다는 것을.

처음 한 2, 3년 정도는 야구, 농구, 배구 등, 스포츠란 스포츠는 대부분 챙겨본 것 같았다.

그 시간의 흐름에 맞춰 내 몸도 서서히 굳어져갔고, 거기에 맞춰 더욱더 자극적인 스포츠를 찾게 되었다.

때마침 불기 시작한 격투기 열풍.

나도 구기 종목에는 관심을 접고 격투기이 열풍에 빠져들었다.

격투기, 그 얼마나 야만적인 운동인가?

루게릭병에 걸리지 않았다면 나는 아마도 격투기 선수들이 싸우며 피를 튀기는 장면에 환호하는 야만적인 관중들을 향해 눈살을 찌푸리고 비웃음을 보냈을 것이다.

지금도 상당히 야만적이라 느끼는 것 또한 사실이다. 하지

만 그 야만성이 인간의 원초적인 본능을 자극하기에 더 재미
있다는 사실도 이율배반적으로 느끼고 있었다.

격투기에 한층 빠져들며, 나는 격투기를 좀 더 깊이 알고 깊
이 느끼고 싶어졌다.

움직일 수는 없지만 머리는 살아있다.

천재까지는 아니더라도 수재 소리를 듣던 나다.

그렇다고 내 머리가 남들보다 뛰어나다는 생각을 해본 적은
없었다.

다만 남들보다 더 지독하게 노력을 했을 뿐이다.

그렇다보니 남들보다 자신 있는 것을 꼽으라면 응당 머리를
쓰는 것이었다.

바로 그렇게, 독하게 노력하면 되지 않겠는가.

나는 격투와 무술에 관련된 책을 구입해 읽기 시작했다.

태권도, 택견, 선무도, 불무도, 가라데, 무에타이, 유도, 유
술 등…….

모르긴 몰라도 시중에 출간된 격투와 무술에 관련된 책은
대부분 읽었을 것이다.

눈으로 무술을 보고 머리로 익혔다.

그리고 머리로 가상의 적들과 싸웠다.

승과 패를 오가며, 나는 서서히 강해졌다. 어느새 상상 속의
나는 고수 중 고수가 되어있었다.

머리로 익힌 수많은 무술을 하나로 일통시킨 나는 마침내

검을 쥐었다.

검도, 해동검법 등 동양 검술부터 서양의 검술까지.

내 집착은 격투에서 시작했지만 어느새 무술로 넘어가버린 것이었다.

하지만 공개된 무술의 정보는 한계가 있음을 깨달았다.

나는 부모의 돈으로 전국 각지의 자타가 공인하는 무도가를 부르기 시작했다.

대부분은 거액의 돈을 쥐어 주면 자신들의 비전을 풀어놓았다. 물론 그렇지 않은 이들도 있었다. 그러면 죽어가는 자신을 불쌍히 여겨 육보시(肉布施)하는 셈 쳐달라며 울고불고 매달렸다.

온갖 방법을 다 동원하여 그들의 비전을 전수받았다.

이론은 머리로, 실전은 동영상으로.

그러다 내공이라는 것을 알게 되었다.

바위를 맨주먹으로 깨트린다는 내공, 혹은 기공에 실낱같은 희망을 길이보기도 했디.

물론 돈도 숱하게 썼다.

그리고 돌아온 것은 좌절이었다.

좌절 속에 울고, 죽으려 발악을 했었다. 그 발악은 단식이었고, 결과적으로 웃기지도 않게 인공영양튜브를 일찍 다는 꼴이 되어버렸다.

그래도 아주 헛짓거리는 아니었던 모양이었다. 루게릭병에 걸리고도 근 10년이나 버티고 있으니 말이다.

나는 안구마우스를 이용해 역시나 근 1년 가까이 열어보지 않았던 또 다른 폴더를 열어보았다.

전쟁에 관련된 다큐, 영화, 그리고 서적들이 가득 담겨있는 폴더였다. 급격히 시들어버린 무술 다음으로 이어진 것은 전쟁이었다.

물론 처음부터 전쟁 쪽으로 관심을 가진 것은 아니었다. 다시 스포츠와 격투에 눈을 돌려버렸지만 시들해진 마음에 이미 높아져버린 눈, 그리고 무술이라는 지독한 자극을 이미 경험한 후라 스포츠와 격투는 그의 본능을 자극하기에는 너무나도 부족한 것들로 되어버린 이후였다.

알콜중독자가 더 독한 술을 찾는 것처럼, 마약중독자가 더욱 강한 마약을 찾는 것처럼 나는 전쟁을 찾아냈다.

하지만 그 전쟁도 내 목마름을 채워주지 못했다.

그리고 알았다.

스스로 직접 몸을 움직이지 않는 이상 이 목마름은 채워지지 않을 것이라는 것을.

그 후로 나는 매일매일 잠만 잤다.

꿈이라도, 꿈일지라도, 꿈에서라도, 꿈에서나마 살아 움직이고 싶었기 때문이었다.

신이 존재할까?

거리에 나서보면 분명 신은 있는 것 같다.

죽여버리고 싶은 신이.

왜냐고?

꿈에서조차 나는 살아서 움직일 수 없었으니까.

나의 잠은 암흑 그 자체였으니까.

그런 간절함 끝에 온 단 한 번의 꿈도 깨져버렸으니까.

'죽고 싶다.'

그냥 푸념이 아닌 진심으로, 진실되게…….

'이제는 진짜 죽고 싶다.'

더 살아봐야 내가 사는 게 아니라 내 주위를 둘러싼 기계들이 사는 것과 진배없는 상황이니까.

'당신, 있긴 있는 건가?'

내 눈은 천장을 향해 있었지만 내가 보고 있는 것은 하늘이었다.

'……이제 그만 날 죽여줘.'

내 눈이 감겼다.

깊은 잠이 오는 듯 자연스럽게 스르륵 감겼다.

잠시 후.

띠-.

규칙적으로 울리던 기계음이 낮고 길게 늘어졌다.

＊　　　＊　　　＊

잡초가 듬성듬성한 마당 한편에 어치간한 장정보다 더 굵은 통나무가 세워져 있었다. 반듯한 단면 위에 한눈에도 무게감이 느껴지는 거무튀튀한 도끼가 놓여 있었다.

굵은 손이 오랫동안 손때가 묻어 반질반질한 도끼 자루를 움켜잡았다.

쫘악!

양손이 도끼 자루를 쥐어틀었다.

이어 도끼 자루를 움켜쥔 손등에 굵은 힘줄이 돋아났다. 그 힘줄은 손등에만 그치지 않고 손목을 지나 양팔을 타고 기어 올랐다.

"흐읍!"

무게감이 느껴지는 들숨.

그 들숨은 구릿빛 가슴을 우람하게 부풀렸다. 이어 이두근과 삼두근이 터질 듯이 팽창했다.

도끼를 들어 올리니 광배근이 날개를 펼친다.

햇빛이 도끼날 끝에서 부서질 때였다.

쐐애애액!

도끼날이 통나무를 향해 매섭게 내려찍혔다.

퍽!

도끼날은 단숨에 굵은 통나무를 반으로 갈랐다.

"후우ㅡ."

넓은 등 위로 마치 두 마리의 구렁이가 똬리를 튼 듯이 잘 발달된 승모근이 꿈틀거렸다.

도끼와 함께 다시 꿈틀거리는 근육들.

퍽 퍽 퍽!

도끼질을 한 번 할 때마다 그 굵은 통나무가 맥없이 반으로 갈라졌다. 얼마 시간이 흐르지 않아 그의 주위에 상당한 양의 장작들이 쌓였다.

"이만하면 일주일 정도는 버티겠지?"

흡족한 미소를 지었다.

하지만 그것도 잠시, 그의 눈빛이 차갑게 번뜩였다.

그는 섬전같이 몸을 반회전시키며 도끼를 집어던졌다.

쑤아아악!

도끼는 바람개비처럼 맹렬히 회전하며 이미 죽어 바싹 마른 마당의 고목을 향해 날아갔다.

퍽!

도끼는 고목의 중앙에 그려진 붉은 원 중앙에 정확히 꽂혔다.

다시 지어지는 흡족한 미소.

두둑 두두둑!

그는 목을 움직여 긴장했던 근육을 이완시키며 거목의 그늘 아래로 걸어 들어갔다. 그리고는 나뭇가지에 걸어둔 수건을 내려 얼굴에 난 땀을 닦았다.

그의 몸에서 땀이 식으며 일어난 수증기가 아침의 찬바람에 녹아들었다. 아지랑이처럼 피어오르던 열기가 순식간에 식었다.

"칼스야."

누군가의 목소리에 그는 고개를 돌렸다.

칼스.

그는 김현이었다.

제2장
운명을 움켜잡다

"흑흑흑!"

구슬픈 울음소리가 잠든 김현의 신경을 마구 긁어댔다.

기분 좋은 잠을 깨우는 지랄 맞은 울음소리.

짜증이 솟구치며 자연스레 눈이 떠졌다.

어둑한 시야가 팽 돌았다.

'윽!'

어지러움에 김현은 저도 모르게 눈매를 뒤틀었다.

'이런 적은 한 번도 없었는데.'

쉽사리 가실 줄 알았던 어지러움은 한참이나 그의 머리를
마구 흔들었다. 그러는 사이에도 울음소리는 그치지 않고 있

었다.

‘이 간호 도우미가 미쳤나? 환자 앞에서 재수 없게 울고 지랄이야!’

좀처럼 가시지 않는 어지러움과 두통을 느끼며 눈동자를 아래로 내려 모니터를 찾았다. 비록 기계음을 빌릴지라도 한바탕 욕지거리를 내뱉고 싶었기 때문이었다.

그런데.

‘……!’

모니터가 없었다.

‘……뭐, 뭐가 어떻게 된 거지?’

단순히 모니터만 없어진 것이 아니었다.

눈에 들어오는 실내 풍경이 전혀 달랐다.

벽을 이루고 있는 통나무는 몸통이 훤히 드러나 있고, 그 사이사이를 메운 흙도 눈에 들어왔다. 움직일 수 없는 몸이기에 눈을 돌려 사방을 살폈다.

“큭!”

옆구리에서 느껴지는 격심한 고통에 미약한 신음이 입술을 비집고 흘러나왔다.

비단 옆구리만이 아니었다.

팔과 다리에서도 지독한 고통이 느껴졌다.

따닥 따다닥.

이어 몸을 급습한 오한.

이가 마구 부딪히며 시끄러운 소리가 났다.

"으으으으!"

신음이 더욱 깊어졌다.

곧이어 간신히 수습되어가던 정신이 다시 흐려졌다. 아울러 맑아져가던 시야마저 다시 혼탁해졌다.

"카, 칼스야!"

울음이 가득한 한 여성의 목소리에 김현은 혼미해져가는 정신을 어렵사리 붙잡아둘 수 있었다. 잔상으로 가득한 뿌연 시야에 여성의 것으로 생각되는 흐릿한 그림자가 보였다.

'중년 도우미인가? 아니면, 간호사?'

"정신이 들어?"

굵은 목소리와 함께 체구가 좋은 남성의 윤곽도 눈에 들어왔다.

'의사인가?'

"나를 알아보겠니?"

김현은 시야를 가득재운 남성의 얼굴을 보기 위해 안간힘을 썼지만 초점이 제대로 잡히지 않았다.

'이렇게 죽는 건가?'

죽음을 생각해본 적이 없는 것은 아니었다. 비록 체념하고 받아들였다고는 하지만, 마음 한구석에서는 언제나 이미 결정되어 있는 죽음이 서럽고 무서웠다.

'의외로 별거 아니군.'

그런데 막상 닥쳐보니 상상 속의 죽음보다 훨씬 편했다.

'그래, 이렇게 죽는 것도 나쁘지 않지.'

서서히 말라가는 고통은 지독했다.

그 고통 속에서만 10년을 살았다.

어차피 한 줌의 미련도 없는 삶이었다.

진작 놔주고 싶었던 목숨이었다.

"칼스야! 칼스야!"

먹먹하게 들리는 중년 사내와 중년 여성의 목소리.

그래도 마지막 가는 길, 누가 배웅을 해주는지는 알고 갔으면 싶었다.

멀어지는 의식을 잡아가며 시력을 집중했다.

그러자 뿌옇던 시야가 안개가 걷히듯 조금씩 맑아졌다.

'……!'

황당하게도, 자신을 내려다보고 있는 이는 중년 간호 도우미가 아니었다. 그렇다고 의사나 간호사인 것도 아니었다.

말도 안 되지만, 외국인인 것이다.

그러고 보니, 자신이 누워있는 곳 역시 병원이 아니었다는 것도 생각났다.

의문을 풀 사이도 없이, 정신은 다시 혼미해져갔다.

서서히 시야에 어둠이 잠식해 들어왔다.

'이제 와서 알 게 뭐야?'

김현은 편안히 눈을 감았다.

‘다음 생이 있을까?’

특별한 종교에 귀의하지 않았지만 문득 불교의 윤회사상이 떠올랐다.

‘다시 태어나고 싶다.’

단 하나의 소망이 있다면 환생.

‘그리 된다면…… 머리가 아닌 가슴으로 살겠어.’

말도 안 되는 소망에 피식 웃음을 삼키며, 그의 의식은 깊게 가라앉았다.

*　　*　　*

짹짹짹—.

맑은 새소리에 정신이 들었다.

상쾌한 숲속 공기가 느껴졌다.

‘내가 죽은 것이 아니었나?’

깊은 잠에서 깨는 듯한 느낌으로 눈이 떠졌다.

지끈거리던 두통도 많이 사라진 느낌이었다. 답답했던 시야도 많이 편해졌다.

‘꿈이 아니었나?’

눈에 보이는 천장은 역시나 새하얗지 않았다. 물론 천박하게 보이는 샹들리에도 없었다. 또한 병원 특유의 약품 냄새도 없었다.

‘젠장!’

몸이라도 움직인다면 이곳이 어디인지 살필 수 있으련만.

‘자, 잠깐만!’

호흡이 편했다.

인공호흡기를 쓰고 있는 자신의 호흡이 결코 편할 리가 없었다. 의식적으로 코로 깊게 숨을 들이켰다. 부풀어 오르는 폐부가 선명하게 느껴졌다.

그때 얼굴 위로 눈부신 햇살이 쏟아졌다.

갑작스러운 햇살에 눈이 따가워 미간을 찌푸렸다. 김현은 본능적으로 햇빛을 피하기 위해 고개를 옆으로 돌렸다.

그에 따라 돌아간 시야.

눈동자가 파르르 떨렸다.

고개가 돌아간 것이었다.

김현은 마른침을 꿀떡 삼키며 다시 고개를 햇빛이 들어오는 창가로 돌렸다.

‘하하, 하하하하!’

움직였다.

자신의 의지대로. 이 벌어먹지도 못할 이 몸뚱이가 말이다.

영화의 한 장면처럼 눈을 콕콕 찌르는 햇빛을 손으로 가리고 싶었다.

고개가 돌아갔으니 어쩌면 팔이 움직일 지도 모른다는 생각이 들었다.

하지만 김현은 바로 팔을 움직이지 않았다.

떨리는 가슴을 애써 진정시키며 눈을 꼭 감았다. 그리고 잠시 후 용기를 내어 팔을 움직여보았다.

팔이 이불을 스르륵 스치며 손쉽게 빠져나왔다.

감긴 눈꺼풀이 파르르 떨렸다.

단지 감각일 뿐인지, 그렇지 않으면 실제로 움직인 것인지 확인해야 했다.

그리고 눈꺼풀이 열렸다.

쫙 펴진 손바닥 사이로 시린 햇빛이 눈동자에 스며들었다.

요동치던 눈동자에 금세 물기가 들어찼다.

김현은 손바닥으로 눈을 덮었다.

주르륵.

눈가와 손바닥의 틈새를 비집고 굵은 눈물이 흘러내렸다.

'움직일 수 있어! 움직일 수가 있다고!'

김현은 눈을 가린 팔을 내려 지시대로 삼으며 몸을 일으켰다.

"컥!"

팔꿈치를 침대에 딛고 체중을 실은 순간, 옆구리에서 마치 살점이 떨어져나가는 듯한 고통이 느껴졌다. 참기 힘든 고통에 저도 모르게 숨이 꺾이고 신음이 입을 비집고 흘러나왔다.

반쯤 일으킨 몸이 다시 침대 위에 무너졌다.

"헉헉헉!"

고통은 쉽사리 가시지 않았다.

식은땀이 이마에 송골송골 맺혔다.

"으으으!"

김현은 고통이 느껴지는 옆구리에 손을 얹었다.

땀과는 다른 끈적끈적한 액체가 느껴졌다.

손을 들어보니 피가 묻어있다.

갑작스럽게 혼란이 찾아왔다.

몸을 움직일 수 있다는 희열에 주위 상황을 완전히 잊고 있었던 그가 아픔을 느끼고 피를 만짐으로써 현실을 자각하게 된 것이었다.

"칼스야."

고통을 참느라 찡그린 눈매 사이로 금발의 중년 여성의 모습이 보였다. 얼마나 울었는지 눈이 퉁퉁 부어있었다.

"칼스야, 정신이 드니?"

'카, 칼스?'

그러고 보니 어제 누군가 자신을 그렇게 부른 것 같았다.

"이 엄마를 알아보겠니?"

'어, 엄마?'

당황한 김현이건만 머리가 끄덕여졌다.

안나, 나의 어머니.

그렇게 떠오른 기억.

"여보, 여보! 칼스가 깨어났어요. 우리 칼스가······."

창밖으로 소리를 지르던 안나는 말을 끝까지 잇지 못하고 다시 울먹였다.

밖에서 우당탕탕거리는 소리가 들리고, 잠시 후 밝은 갈색의 머리를 가진 장대한 체구의 중년 사내가 헐레벌떡 안으로 들어왔다.

"다행이다, 정말 다행이야."

"이럴 게 아니라 칼스가 먹을 묽은 수프라도 끓여야겠어요."

안나가 급히 자리를 떴고, 프랭크가 침대 옆에 놓여있는 의자에 앉았다. 그리고는 팔을 뻗어 김현의 손을 굳게 잡았다.

"몸은 괜찮은 거냐?"

거칠거칠하고 큰 손이었다.

"괜찮아요."

이 상황을 어떻게 받아들여야 할까.

장대한 체구의 사내가 프랭크라는 이름을 가진 아버지로 받아들여지는 것과 이야기를 나누고 있는 지금의 언어 역시 분명 처음 접하는 언어이건만 확실히 알아듣고 말하고 있다는 사실을 말이다.

"좀 쉬고 싶어요."

혼란스러워서다.

"이런, 미안하구나."

이불을 덮어주려던 프랭크가 다시 옆으로 거뒀다.

"상처가 터졌구나. 덧나기 전에 붕대를 갈아야겠다."

프랭크의 말대로, 상처가 터졌는지 붉은 피가 붕대를 적시

고도 모자라 침대 아래 깐 모피와 덮고 있던 이불까지 붉게 물들여 놓았다.

프랭크는 방 밖으로 나갔다가 잠시 후에 깨끗한 천 하나를 들고 다시 안으로 들어왔다. 그리고는 익숙한 손놀림으로 옆구리에 새로이 붕대를 감았다.

"큭."

아무리 조심스럽게 상처를 다시 감싼다고 해도 전혀 안 건드릴 수는 없는 법. 붕대가 상처를 덮는 순간, 간신히 잊은 고통이 되살아나 김현을 괴롭혔다.

"다 됐다."

마지막 매듭을 질끈 묶었다.

"많이 아팠냐?"

프랭크가 김현의 이마에 난 땀을 손바닥으로 닦았다.

"사내라면 이 정도 상처쯤은 툴툴 털고 일어나야지. 안 그러냐?"

호방한 웃음을 씩 보이며 프랭크는 자리에서 일어났다.

"엄마가 수프 다 끓일 때까지 한숨 더 자라."

프랭크는 이불을 목까지 덮어준 뒤 방에서 나갔다.

그가 문을 닫는 것까지 확인한 뒤, 김현은 조심스럽게 몸을 일으켜 벽을 기대고 앉았다. 옆구리에서 지독한 고통이 몰려와 몸이 금세 식은땀으로 축축해졌다.

이 혼란스러움을 어떻게든 수습해야 한다.

‘정신 차리자! 정신 차려!’

김현은 낯선 기억들을 최대한 떠올렸다.

‘칼스, 칼스, ……칼스라.’

김현만큼 너무나도 친숙한 이름이었다.

‘분명 나는 병원에 있었는데……. 루게릭병에 걸려서.’

동시에 숲속을 달리다 발을 헛디딘 기억이 생생하게 떠올랐다. 그리고 산비탈을 구르다가 날카로운 바위에 옆구리가 찢어진 기억까지도.

그리고 눈을 떴다.

‘나는 누구지?’

분명 김현이었다.

그럼 칼스는 누구인가?

그리고 칼스라는 10살 아이의 기억들이 왜 나의 머릿속에 있는지.

김현은 갑자기 손을 눈앞으로 들어올렸다.

앙상하고 마른 자그만 손.

서른 나이의 손이 결코 아니었다. 김현의 머릿속으로 들어온 칼스라는 10살 아이의 손이 분명했다. 그리고 한 편의 영화처럼 머릿속을 스쳐가는 칼스라는 아이의 삶과 기억들.

두통이 몰려올 정도로 머릿속이 복잡해졌다.

‘혹 꿈인가?’

하지만 꿈이 이렇게 생생할 리 없었다.

‘그럼 김현이라는 삶이 꿈이었나?’

그건 더더욱 말이 안 된다.

‘결론은 내가 이 아이의 몸에서 깨어났다는 뜻인데……. 이게 말이 되나?’

김현은 양손으로 주먹을 쥐었다 펴기를 반복했다.

말이 안 되지만 그것 말고는 이 현실을 설명할 방법이 없었다.

분명 자신은 김현이 맞다.

모든 의식 자체가 김현이라는 이름을 중심으로 사고가 이뤄지고 있으니까.

‘그럼 칼스는?’

스스로의 물음에 대답이 없다.

아니, 못한다.

가진 지식의 범위를 벗어난 질문이었다.

‘내가 이 아이의 몸을 차지하며 자연스레 기억도 흡수가 된 것인가?’

현재로서는 달리 뾰족한 답을 구할 수 없었다.

“자니?”

그때 안나가 쟁반을 들고 안으로 들어왔다.

“몸도 성하지 않은데 누워 쉬지 않고.”

걱정이 한가득 묻어나오는 목소리로 다가와 앉았다. 그리고는 조심스럽게 쟁반을 넘겼다.

나무를 깎아 만든 쟁반 위에는 역시 나무를 깎아 만든 그릇과 숟가락이 놓여 있었다. 나무 그릇에 담긴 묽은 수프에서 구수한 냄새가 풍겨와 김현의 후각을 자극했다.

꼬르륵.

그 냄새 때문인지 갑자기 허기가 밀어닥쳐왔다.

"뜨거우니까 호호 불어가며 천천히 먹으렴."

안나가 나무 숟가락을 들어 김현의 손에 쥐어 주었다.

몹시 혼란한 상황이었지만 너무나도 배가 고팠던지라 김현은 수프를 숟가락으로 퍼 입으로 가져갔다.

구수한 향기가 먼저 느껴졌고, 고소한 맛이 입 안에 가득 담겼다. 수프가 목구멍 너머로 흘러가고 입 안에는 잘게 썬 건더기들이 남았다. 김현은 천천히 건더기를 씹어 삼켰다.

이게 얼마 만에 직접 먹어보는 음식인지 모른다.

3년?

아니 계절이 돌았으니 얼추 3년하고 2, 3개월쯤 된 거 같았다.

김현은 허겁지겁 숟가락을 놀려 다시 수프를 입에 넣었다.

"그렇게 맛있니?"

안나가 웃으며 물었다.

"……네. 맛있어요. 너무 맛있어요."

김현의 눈에서 눈물이 글썽거렸다.

너무 맛있어서 맺힌 눈물이었다.

이렇게 맛있는 음식을 입으로 맛볼 수 있어서 맺힌 눈물이었다.

남들에게는 아무것도 아닌 것 같지만 김현에게는 무엇과도 바꿀 수 없는 행복이었다.

'꿈이라면 안 깨고 싶다. 깨어나고 싶지 않아.'

다시 한 숟가락 가득 입에 넣고 오물거리는 김현의 눈에서는 눈물이 주르르 흘러내렸다.

"……칼스야."

느닷없는 눈물을 본 안나가 침대 위로 올라왔다.

"몸이 안 좋은 거니?"

"아니요. 그냥, ……그냥 맛있어서요."

그 말에 안나는 안도의 미소를 지으며 김현의 뺨을 적신 눈물을 손으로 닦아주었다.

"우리 칼스, 아가가 다 되었네."

칼스라는 아이의 기억 때문인지 안나가 너무나 포근하게 느껴졌다. 이것이 모정이라는 것인가, 하는 생각에 눈물이 그치지 않았다.

김현은 고개를 숙여 수프를 한 방울도 빠짐없이 깨끗이 비웠다. 배가 든든해지자 잠이 밀물처럼 밀려왔다.

자고 싶다고 하자 안나가 김현을 자리에 눕히고 이불을 덮어주었다. 그리고는 손을 부드럽게 잡은 뒤 조용하게 자장가를 불러주었다.

'뭔지 모르겠지만, 이대로도 좋아…….'

김현은 안나의 자장가를 들으며 다시 잠이 들었다.

　　　　　*　　　　*　　　　*

　쿨쿨 자던 김현은 잠에서 깨자마자 눈을 부릅떴다.

　그리고 천장부터 살폈다.

　잠들기 전과 달라지지 않은 천장.

　'훗!'

　슬며시 밀려오는 안도감에 김현은 저도 모르게 실소를 머금었다. 그리고 양팔과 다리를 최대한 쭉 뻗어 기지개를 켰다.

　"으으으……, 큭!"

　시원하게 늘어지는 기분 뒤에 급습해온 고통.

　그 고통에 눈가는 일그러졌지만 입가엔 미소가 지어졌다.

　오랫동안 침대에 누워있었더니 몸이 찌뿌드드했다.

　김현은 조심스럽게 이불에서 나와 침대에 걸터앉았다.

　'침대라고 하기보다는 침상이군.'

　이제 보니 침대는 원목을 재단해 마치 평상처럼 만든 침상이었다. 나무 위에 푹신한 모피를 깔아서 딱딱한 느낌이 들지 않게 해둔 것이었다.

　'저기 있다.'

　신을 것을 찾던 김현의 눈에 나무에 가죽을 덧대 만든 샌들이 침상 아래 한쪽에 놓여있는 것이 보였다. 그는 그것을 신고 자리에서 일어났다.

　몸을 움직이자 옆구리에서 상당한 통증이 느껴졌다.

“후우-, 후우-.”

심호흡으로 끓어오르는 통증을 가라앉혔다.

생각보다 상처가 깊은 모양이다.

벽을 짚은 손바닥이 벌써 축축해져있는 걸 보면 말이다. 그
래도 다행인 것은 상처를 동여맨 붕대에 피가 보이지 않는다
는 것이었다.

피가 나오지 않을 만큼 상처가 아물었다는 의미였다.

김현은 벽에 기대서서 방 안을 살폈다.

2평 남짓할까?

싱글침대만 한 침상과 그 아래 제법 큰 궤짝이 방 안에 있는
가구의 전부였다. 칼스의 기억 덕분에 굳이 궤짝을 열지 않아
도 안에 뭐가 들어있는지 훤했다.

통증이 웬만큼 가라앉자 방문을 열었다.

문은 소리 없이 부드럽게 열렸다.

좋은 경첩에 기름칠을 잘 해놓아서 그런 것은 결코 아니다.
그저 튼튼하고 두꺼운 가죽을 경첩 대신 써서 문과 문틀을 고
정시킨 까닭이었다.

문을 열고 나오자 거실 겸 부엌이 있었다.

부엌이라고 해봐야 벽면 한쪽에 자그만 화덕을 갖추고 몇
개 안 되는 질그릇과 투박한 나무 그릇을 놓아두었을 뿐이었
다. 그런 거실 한가운데에 식탁과 찻상을 겸하는 제법 큰 크기
의 탁자와 의자 몇 개, 그리고 프랭크의 발걸이 하나가 놓인

것이 가구의 전부였다.

이 집은 칼스의 방 맞은편에 프랭크와 안나가 머무는 방이 있는, 눈 목(目)자 형태의 단순한 구조였다.

김현은 탁자를 손으로 쓰다듬는 동시에 약간은 힘겨운 몸을 의지하며 집 안 구석구석을 살펴보았다.

'이제 새로이 살아가야 할 집, 그리고 이제껏 살아왔던 집.'

김현의 기억 위에 칼스의 기억이 더해지며 묘한 감상을 만들어냈다.

앞으로는 자신이 칼스의 삶을 이어받아 살아가야 하기 때문이었다.

끼익-.

그때, 문이 열리며 안나가 안으로 들어왔다.

"칼스야, 왜 자리에서 일어났니? 몸도 안 좋은데……."

안나가 품에 안고 있던 빈 광주리를 바닥에 던지듯 내려놓으며 허겁지겁 김현에게 다가왔다.

"아이구, 식은땀을 이렇게 흘리는데 왜 일어난 거야?"

안나는 앞치마를 들어 김현의 이마에 송골송골 맺혀있는 땀방울을 닦았다.

김현의 기억에 부모에 사랑은 없었다.

그런데 이 포근함은 무엇이란 말인가?

전생의 차가운 기억 위로 안나의 따뜻함을 가진 아이의 기억이 겹쳐졌다.

"엄마 얼굴에 뭐라도 묻었니?"

"아, 아니예요."

김현은 고개를 저었다.

"바깥바람 좀 쐴게요. 오랫동안 누워만 있었더니 답답하네요. ……무리하지 않을게요."

"무리하면 절대로 안 된다. 알았지?"

안나는 다짐이라도 받으려는 것처럼 신신당부했다.

"네."

김현은 천천히 걸음을 옮겨 마당으로 나왔다.

낯설면서도 익숙한 마당 풍경이 눈앞에 펼쳐졌다.

퍽퍽퍽!

마당 한쪽에서 장작을 패고 있는 프랭크의 모습이 보였다.

김현은 오두막 지붕 아래 그늘에 세워둔 통나무 의자에 앉으며 벽을 등받이 삼아 몸을 기댔다.

시원한 바람 한 줄기가 그 사이 이마를 가득 적신 땀을 시원하게 식혀주었다.

마치 자신의 것인 양 떠오르는 칼스라는 아이의 기억들.

샤르도네 대륙.

루산느 왕국, 그리고 난센 남작령, 버틀러 숲마을.

드래곤의 존재를 믿는 사람들, 마법사와 기사가 있는 곳.

자신이 알던 중세시대와 비슷하면서도 다른 문화가 펼쳐진 세상.

'책으로만 보던, 영화에서나 볼 수 있었던 세상인가?'

마치 한 편의 영화를 감상하는 것처럼, 김현은 칼스의 기억을 더듬었다.

왜애앵-.

그때 파리 한 마리가 칼스의 생각을 방해했다.

김현은 의식적으로 팔을 휘저어 파리를 내쫓았다.

"하하."

파리를 내쫓기 위해 휘젓던 팔을 잠시 멍하니 쳐다보던 김현은 나직하게 헛웃음을 터트렸다.

심각하다면 심각한 상황.

그런데도 웃음이 났다.

'고민한다고 돌아갈 수 있는 것도 아니잖아.'

자유롭게 움직이는 손을 물끄러미 바라보던 김현의 눈동자에 지독한 집착이 어렸다.

'돌아갈 수 있다고 해도……'

김현은 자그만 주먹을 꽉 쥐었다.

'나는 돌아가지 않아.'

무려 10년의 매일매일이 지독한 악몽과도 같은 나날들이었다.

그 세상에서 이방인이었던 내가 이곳에서 이방인이 된다 한들 무슨 차이가 있을까?

'어떤 세상이든 아무려면 어때?'

악몽 속에서 매일같이 꿈꾸던 몸을 드디어 얻지 않았느냔 말이다.

 '어떤 신분인들 아무려면 어때?'

 아이의 몸이든, 이 아이의 신분이 농노이든, 그런 건 중요하지 않았다.

 자유롭게 움직일 수 있는 몸만 준다면 악마와도 스스럼없이 계약하려던 자신이었다.

 '살아가겠어. 칼스로. 칼스라는 아이로.'

 김현은 깍지를 낀 양손에 힘을 꽉 주었다.

 마치 소중한 그 무엇인가를 놓치지 않으려는 듯……

*　　*　　*

 '후우ー.'

 깊게 심호흡을 하며 끓어 올랐던 격한 감정을 다스렸다.

 '내가 그만 흥분하고 말았군.'

 김현은, 아니, 이제 칼스라는 아이로 살아가길 결심한 그는 고소와 함께 더욱 깊은 심호흡을 하여 머리를 차갑게 식혔다. 가슴이야 펄펄 끓어오르든 말든 현실을 직시할 필요가 있었다. 아니, 살아남으려면 반드시 현실을 직시해야만 했다.

 '고맙다는 말은 하지 않겠다.'

 다행히 아이의 기억을 고스란히 물려받은 덕분에 당장 살아가는 데 큰 불편은 없을 듯싶었다.

아이의 앞날은 이제 자신이 이어받았으니까.

'문제는⋯⋯.'

농노.

이게 현재 그의 신분이었다.

농토에 복속된 하나의 재물.

그나마 다행이라면 프랭크의 신분이 농노일지라도 직업은 농사꾼이 아니라 사냥꾼이라는 것이었다.

그렇기에 속한 마을에서 동떨어진 숲에서 외따로 살고 있었다. 또한 사냥으로 얻어지는 부산물이 나름 짭짤한 뒷돈이 되는 덕에 생활 역시 농노라는 생각이 들지 않을 만큼 풍족한 편이었다.

이 상황이 현재 칼스, 자신의 처지였다.

'나는 이곳에서 무엇을 해야 하나?'

쉽사리 답이 나오지 않았다.

아니, 않았다기보다 쉽게 답을 구할 수가 없었다고 하는 것이 옳을 것이다.

이곳에 대한 지식이 너무 빈약하다.

농노 아이가 가질 수 있는 지식에는 한계가 있는 법.

만약 신이나 악마가 자신을 이곳에 보냈다면⋯⋯.

'왜? 무엇을 하라고 나를 이곳으로 보낸 것일까?'

피식.

실소가 터졌다.

‘의미 없는 질문이야.’

중요한 건 이제부터 이 세상에서 무엇을 할 것이냐다.

지금 시점에서 가장 확실한 건 단 하나.

자신은 농노의 신분에 만족하며 살 수 없다는 것이다.

아울러 자신에게는 이 세상의 그 누구도 가지지 못한 힘을 가지고 있다.

그 힘은 바로 지식이다.

세상 누구도 상상할 수 없는, 관념 자체가 다른 새롭고 방대한 지식, 세상을 뒤집을 수 있는 지식.

‘그렇다면 일단 내가 가야 할 길은 정해졌군.’

피지배층이 아닌 지배층이 되는 것.

막연하지만 가고자하는 길이 정해졌다.

분명 많은 피가 흘러넘치는 길이 될 것이다.

‘내가 그 길을 걸을 수 있을까?’

피는커녕 싸움조차 제대로 해보지 못했던 자신이?

‘미친 새끼!’

칼스는 바로 눈앞에 김현의 모습을 떠올렸다.

그리고 독기 찬 눈빛으로 욕설을 던져 줘버렸다.

‘어차피 가진 건 독기밖에 없잖아!’

그러자 눈앞의 김현이 피식 웃었다.

칼스도 따라서 피식 웃었다.

눈동자에 독기가 서렸다.

독기 하나만이라면 그 누구에게도 뒤지지 않을 자신이 있었다.

'일단 몸부터 만들어야겠어.'

앙상한 몸이 눈에 들어왔다.

아이의 기억을 살펴보니 이 세계에서 통용되는 확실한 규칙 한 가지를 알아낼 수 있었다.

적어도 이곳은 법보다 칼이 우선인 세상이라는 것.

그리고 힘이 지배하는 세상이라는 것을. 그것이 이런 어린 아이마저도 어렴풋이 짐작하고 있는, 이 세상의 절대적이고 불변할 법칙이라는 것을.

제3장
수련의 시작

"헉헉헉!"

오두막 뒤쪽 공터로 땀에 흠뻑 젖은 칼스가 뛰어 들어왔다. 지친 몸을 양 무릎에 손을 얹어 지탱한 뒤 거친 숨을 몰아쉬었다.

그런 칼스의 턱에서 굵은 땀 몇 방울이 바닥으로 뚝뚝 떨어졌다.

'복식 호흡.'

칼스는 힘겹게 허리를 꼿꼿이 세웠다.

그리고는 눈을 감고 몸과 마음을 관조하며 턱 밑까지 차오르는 거친 숨결을 의식적으로 배꼽 아래 단전으로 내렸다. 그리고 최대한 날숨과 들숨의 길이를 늘였다.

처음에는 호흡이 가빠져 칼스의 얼굴이 붉어지는 듯 했지만 얼마 시간이 흐르지 않아 곧 평온해졌다. 아울러 거칠었던 숨결도 차분하게 가라앉았다.

"후우—."

칼스는 마지막으로 길게 숨을 뽑아내며 눈을 떴다.

넉 달이라는 시간이 흘렀지만 구보만큼은 좀처럼 익숙해지지가 않았다.

그나마 꾸준히, 그리고 이를 악물고 운동을 한 덕분에 이 정도지, 처음에는 몸이 버텨내지 못해 구보 도중 토하기도 일쑤였고, 구보를 마친 후 하늘이 노랗게 떠 보일 정도로 어지러워 드러눕기까지 한 적도 허다했다.

그만큼 아이의 몸은 허약했다.

그런 몸으로 운동을 하길 넉 달, 이제 더위에 웃통을 벗는 칼스의 몸은 제법 탄탄했다.

그렇다고 울룩불룩한 근육을 가지고 있다는 것은 아니었다. 그저 적당히 근육이 붙으며 남자의 몸이 되어간다고 느껴질 정도였다.

칼스는 오두막 뒷마당의 반을 가려주는 거목 아래 그늘로 걸어 들어가 벗은 윗옷을 나뭇가지에 대충 걸친 후 몸에 무리가 가지 않도록 천천히 스트레칭을 시작했다.

그나마 다행이라면 아이의 몸이라서 그런지 유연하다는 것이었다. 휴식과 몸을 푸는 중간 개념으로 스트레칭을 빠르지도 않게, 그렇다고 지나치게 늘어지지도 않은 속도로 대략 30분가량 이어졌다.

스트레칭으로 몸은 풀렸지만 장시간 이어진 준비 운동으로 인해 땀과 열기가 올랐던 몸은 그 사이 많이 식어있었다.

칼스는 나뭇가지에 걸려있는 가는 밧줄을 내려 익숙하게 양손에 쥐었다.

탁탁탁탁!

칼스의 몸이 총총 뛰기 시작했고, 그 박자에 맞춰 빠르게 휘둘리는 밧줄의 잔상이 그의 몸을 감쌌다.

식은 몸을 줄넘기로 다시 데웠다.

이미 한 번 데워졌던 몸은 금세 열기로 가득 찼다.

줄넘기를 마친 칼스는 줄넘기용 밧줄을 다시 가지에 걸고는 근처에 놓인 통나무 의자로 다가가 앉았다. 그리고 그 옆에 놓인 바가지에 담긴 물을 한 모금 마셔 갈증을 지운 뒤 기다란 무명천으로 주먹을 조심스럽게 감쌌다.

팡팡팡!

복서의 손을 보호하기 위한 밴디지(bandage, 붕대)를 착용한 칼스는 손바닥에 주먹을 몇 번 마주쳤다. 손바닥에서 느껴지는 기분 좋은 충격을 느끼며 다시 그늘 중앙에 섰다.

스윽ㅡ.

양 다리를 적당하게 벌리고 양 주먹을 어깨 높이까지 가볍게 들어올렸다.

휙!

왼 주먹이 가볍게 공기를 가르며 날카로운 소리를 냈다.

레프트 잽이었다.

석 달 전, 칼스가 가장 먼저 선택한 운동은 바로 복싱이었다.

숱한 무예들 중에서도 가장 먼저 복싱을 선택한 이유는 실전성이 강하고, 동시에 가장 원초적인 격투기였던 까닭이다.

복싱은 인간이 몸으로 가장 쓰기 편한 주먹을 가다듬는 운동이었기에, 현재 칼스의 입장에서 이보다 더 좋은 것이 없다는 것이 그의 판단이었다.

휙휙휙!

처음에는 가벼운 레프트 잽으로 시작했다.

'내딛는 스텝은 스스로 내딛는 것이 아니라 축이 되는 발이 땅을 밀기 때문에 앞으로 움직여지는 것이다.'

지익!

오른발이 묵직하게 땅을 밀었다. 그러자 왼발이 땅을 스치며 전진했다.

'몸의 회전을 직선으로 바꾼다.'

허리와 어깨가 빠르게 반회전하며 뒤로 빠져있던 오른쪽 어깨가 앞으로 튀어나왔다.

훅!

이어 오른 주먹이 묵직하게 내질러졌다.

휙휙, 훅!

두어 번의 가벼운 레프트 잽과 라이트 스트레이트로 이어지는 원투.

두 주먹을 올려 얼굴을 보호하는 동시에 팔을 끌어당겨 몸통을 견고하게 만들며 뒤로 한 걸음 물러난 칼스는 상반신을 웅크리며 무릎을 이용해 상체를 좌우로 흔들었다.

복싱의 수비 기술 중 하나인 더킹(ducking)이었다.

칼스는 가상의 주먹을 머릿속으로 그리며 몸을 몇 번 더 흔들어 피해낸 뒤, 다시 스텝을 밟으며 레프트 잽을 날렸고.

휙!

경쾌한 파공음 뒤로 다시 라이트 스트레이트가 이어졌고, 이번에는 갈고리처럼 굽힌 왼팔이 허공에 반원을 그렸다.

레프트 훅이었다.

한 차례 주먹이 허공을 가른 후, 칼스는 뒤로 물러나지 않고 상반신을 빠르게 상하좌우로 흔들었다.

위빙(weaving).

더킹과 더불어 복싱에서 중요한 수비 중 하나였다.

오뚝이처럼 몸을 이리저리 흔들던 칼스의 몸이 아래로 가라앉는가 싶던 오른 주먹이 용수철처럼 위로 튀어 올랐다.

어퍼컷이 허공을 갈랐다고 느낀 순간, 곧바로 주먹을 회수하고 자세를 다잡은 칼스가 좌우에서 훅을 연이어 휘몰아쳤다.

“후우–.”

칼스는 끓어오르는 숨을 낮고 길게 내쉬어 가라앉히고 뒤로 몇 걸음 물러났다.

짧은 시간 동안의 쉐도우 복싱이었지만 그의 몸은 온통 땀으로 뒤덮여있었다.

그만큼 집중한 까닭이었다.

칼스는 거목 아래 의자에 앉아 수건으로 몸에 난 땀을 닦으며 물 한 모금으로 목을 축였다.

얼굴에는 진한 미소가 그려져 있었다.

즐거웠다.

하루하루가 즐거워 미칠 지경이었다.

왜 전생에서는 운동이 이렇게 재미있다는 것을 몰랐을까 싶을 정도였다.

"웃차!"

잠시 휴식을 취한 칼스는 밴디지가 감긴 주먹을 손바닥으로 팡팡 치며, 기합을 단단히 다지고 자리에서 일어났다.

칼스는 줄넘기로 지구력을 키운 후 다시 쉐도우 복싱에 들어갔다. 하지만 조금 전 맨손으로 하던 쉐도우 복싱과는 조금 달랐다.

그의 양손에는 자그만 조약돌이 하나씩 들려있었다.

아무리 자그만 조약돌이라고 해도 돌은 돌. 결코 가볍지만은 않은 조약돌을 들고 칼스는 빠르게 허공에 주먹을 날렸다. 그렇게 약 100회 정도 주먹을 날린 칼스는 자그만 조약돌을 내려놓고 그보다 조금 더 큰 돌을 집어 들었다.

　그리고 똑같이 100회 정도 주먹을 휘두른 뒤, 한 차례 더 무게를 더해 같은 횟수의 주먹질을 하고는 다시 반대로 무게를 줄여가며 쉴 새 없이 허공에 주먹을 내질렀다.

　"후-, 후-."

　다시 맨손이 된 칼스는 짧게 휴식을 취한 후 나무 아래 매달려 있는 샌드백 앞에 섰다.

　'훗-.'

　샌드백 앞에 선 칼스의 입가에 희미한 미소가 지어졌다.

　칼스로 살아가기로 마음을 먹은 직후 프랭크와 안나에게 운동을 하고 싶다고 했다. 그 결과가 바로 이 샌드백이었다. 이곳에서는 생소한 물건이었지만 설명을 듣고 바로 이해한 프랭크는 그날로 커다란 멧돼지 한 마리를 잡아왔다. 그리고 며칠에 걸쳐 무두질을 마친 가죽을 안나가 바느질로 한 땀 한 땀 정성을 다해 이 샌드백으로 만들어준 것이었다.

　'드디어 사내가 되었구나. 하하하하!'

　특히 함께 샌드백을 나무에 매단 후 프랭크는 칼스의 등을 우악스럽게 팡팡 치며 그렇게 호탕한 웃음을 터트렸었다. 그들이 주는 순수한 사랑이 아직은 어색했지만 포근한 건 사실이었다.

　잠시 어색한 웃음을 지었던 칼스는 뒤로 한 걸음 물러나며 왼 주먹을 뻗어 샌드백에 가져다댔다.

　"후-."

한 번의 날숨에 칼스의 표정은 다시 냉철해졌다.

팡!

왼 주먹이 가볍게 잽을 날렸다.

경쾌한 충격음이 샌드백에서 울렸다.

팡팡팡팡!

칼스는 주먹은 빠르게 샌드백에 파고들었고, 샌드백에서 울리는 소리도 조금씩 육중해져갔다.

사삭, 사삭, 팡팡팡!

단발로 꽂아 넣던 주먹의 패턴이 시간이 흐르면서 다양해지기 시작했다.

거기에 맞춰 칼스의 몸도 점차 현란하게 움직였다.

파바바방!

샌드백이 이리저리 비틀리며 묵직한 비명을 질렀다.

쿵!

그런 샌드백 밑으로 왼발이 강하게 땅을 굴렀다.

퍼억!

이어 한 줄기 그림자가 샌드백 중앙에 꽂혔다.

한순간이지만 샌드백이 'ㄱ'자 형태로 꺾였다가 아래로 떨어져 출렁거렸다.

동시에 굵은 땀방울이 그의 턱을 따라 흘러내려 바닥에 뚝뚝 떨어졌다.

금방이라도 숨이 넘어갈 듯 버거웠지만 기분만은 최고조에

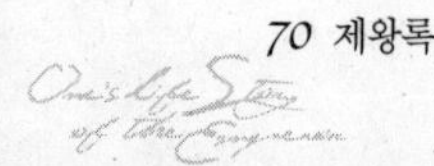

올라 상쾌했다.

"아들아!"

복식호흡으로 막 숨을 가다듬을 때 오두막 저편에서 걸걸한 목소리가 우렁차게 터져 나왔다.

바로 프랭크였다.

그의 손에는 토끼 몇 마리가 들려 있고, 어깨에는 사슴 한 마리가 걸쳐져 있었다. 점심이 되어 숲에서 내려오는 것을 보니 오늘은 덫만 확인하고 오는 길인 모양이었다.

프랭크는 오두막 옆에 덫으로 잡아온 짐승들을 내려놓고 칼스가 있는 뒷마당으로 성큼성큼 걸어왔다.

칼스는 프랭크가 내려놓은 짐승들을 흘깃 쳐다보았다.

"운동하고 있었냐?"

프랭크는 호방한 웃음을 드러내며 다가왔다.

"……일찍 오셨네요."

아직은 어색한 사이.

"재밌냐?"

프랭크가 통나무 의자에 대충 걸려있는 수건을 칼스에게 건넸다.

"예."

칼스는 수건으로 몸에 난 땀을 닦았다.

툭툭.

프랭크가 샌드백을 맨주먹으로 가볍게 쳤다.

"호오!"

의외로 손맛이 좋은지 호기심어린 눈동자를 띠며 감정을 드러냈다.

"이거 어떻게 하는 거지?"

곧 있을 수확기에 맞춰 버틀러 숲마을의 봉토 주인인 버틀러 수석기사에게 가을 세금을 바친다고 근 석 달을 눈코 뜰 새 없이 지내던 프랭크였다.

그렇기에 샌드백을 만들어주고도 이제껏 좀처럼 얼굴을 내밀지 못한 것이었다.

"세금은 다 맞추신 거예요?"

"이 녀석, 아비 걱정은 아직 10년은 이르다."

프랭크가 땀에 흠뻑 젖은 칼스의 머리를 마구 흩트렸다.

그 행동을 애써 외면하지는 않았다.

생소하지만 기분이 나쁘지만은 않았기 때문이었다. 하지만 어색한 기분에 곧바로 머리를 정리했다.

그 모습이 프랭크한테는 꽤나 퉁명하게 보인 모양이었다.

"어쭈, 다 컸다 이거냐?"

그 질문에 칼스는 머쓱한 미소를 살짝 지으며 샌드백을 가리켰다.

"어떻게 하는지 물어봤죠?"

은근슬쩍 화제를 돌렸다.

"흐음?"

프랭크는 턱에 난 까칠한 수염을 쓰다듬으며 칼스를 향해 얼굴을 내밀었다.

"······왜요?"

"가끔 보면 애늙은이가 다 된 것 같단 말이야."

장난이었겠지만 칼스는 속으로 뜨끔했다.

"실없는 소리하지 마시고 나와 봐요."

칼스는 프랭크를 옆으로 슬쩍 밀며 샌드백 앞에 섰다.

목과 팔목, 발목을 살짝 풀어준 뒤 몸을 웅크렸다.

퍽– 파방!

짧은 펀치가 샌드백에서 터지자마자 연달아 주먹이 샌드백에 꽂혔다. 묵직한 충격음이 샌드백에서 연속적으로 터져 나오기 시작한 것이었다.

어차피 본격적인 연습이 아닌지라 칼스는 가볍게 시범을 마치고 뒤로 물러났다.

"이야!"

프랭크의 입에서 순수한 감탄사가 터져 나왔다.

"······한번 해보실래요?"

"그래볼까?"

그 말을 기다렸다는 듯 프랭크는 소매를 걷어붙이며 샌드백 앞에 섰다.

쿡!

칼스의 레프트 잽을 흉내 내 왼손으로 샌드백을 툭 밀었다.

워낙 힘이 좋아서 그런지 가볍게 민 것인데도 샌드백은 제법 크게 흔들렸다.

"좋아!"

나름 기합까지 넣은 프랭크는 오른손을 샌드백을 향해 크게 휘둘렀다.

후우웅! 퍼억!

샌드백이 철렁거릴 정도로 엄청난 힘이었다.

프랭크는 출렁거리는 샌드백을 향해 연이어 주먹을 날렸다. 하지만 그의 주먹은 출렁거리는 샌드백을 맞추지 못하고 애꿎은 허공을 가르고 말았다.

"헉!"

워낙 큰 동작이어서 그런지 신음과 동시에 그의 몸은 균형을 잃었고, 휘청거리면서도 어떻게든 균형을 다시 잡고자 깨금발로 종종걸음을 내딛었지만 결국 발까지 꼬여 엉덩방아를 찧고야 말았다.

쿵!

"아이고야."

프랭크는 엉덩이를 손으로 문지르며 자리에서 일어났다.

"컴컴."

무안함에 프랭크는 헛기침을 내뱉으며 옷에 묻은 먼지를 털어냈다.

"엄마가 요리 다 되어간다고 늦지 않게 오란다."

프랭크는 칼스에게 지나가는 말로 툭 던져놓고는 샌드백을 싱거운 표정으로 노려보며 주먹을 들썩거렸다.

"한번 봐줬다. 짜식!"

그리고는 손바닥으로 툭툭 친 후 오두막으로 향했다.

그 모습에 칼스는 피식 웃음을 삼키며 줄넘기용 밧줄을 들었다.

프랭크의 말에 칼스는 줄넘기로 오전 운동을 마무리한 후, 오두막 지척에서 흐르는 개울로 가 땀으로 흠뻑 젖은 몸을 깨끗이 씻었다.

개울에서 샤워까지 마치자 배가 꼬르륵거리며 밥 달라고 아우성을 쳤다.

'오늘 점심은 뭘까?'

운동 후의 밥은 정말 꿀맛이라는 것을 요즘 절실히 느끼고 있었다.

칼스네는 하루에 세 끼를 푸짐하게 차려 먹는다.

소속된 마을이나 인근 마을의 농노들이 하루에 한두 끼니도 때우기 어려운 것에 비하면 참으로 풍족한 생활을 하고 있었다. 모르긴 몰라도 어지간한 자유농민보다도 더 풍족하게 살고 있는 것 같았다.

그런 이유는 바로 프랭크의 직업 때문이었다.

사냥꾼이 바쳐야하는 세금은 1년에 네 번씩 분기별로 상당량의 양질의 모피와 뿔과 같은 고가의 부산물, 매주 토요일 이른 아침에 버틀러 숲마을의 주인인 버틀러 수석기사가 한 주일 먹을 일정량의 신선한 고기다.

매주 바치는 신선한 고기의 양이야 얼마 되지 않는다지만 분기별로 바치는 세금은 열심히 사냥하지 않으면 채우기 힘들 정도로 많은 양이었다.

하지만 그 대신 다른 농노들과 달리, 물론 일정 부분 제한되었지만 상당한 자유가 보장되어있었다. 아울러 세금으로 바쳐야 할 부분 이외의 부산물은 모두 프랭크의 몫이었다.

귀족들이야 거들떠보지도 않는 잡고기와 동물 뼈지만 이걸 시장에 내다팔면 제법 돈이 된다.

칼스가 보기에 간혹 세금 목록 이외의 야생 동물들을 개인적으로 사냥하여 양질의 고기 외에 상등의 모피와 뿔과 같은 부산물을 시장에 내다파는 것 같았다.

그럼에도 이제껏 큰 탈 없이 사냥꾼을 해올 수 있었던 것은 순박함 때문이었다. 자기의 분수를 알아 큰 욕심 부리지 않고, 적당히 주위에 베풀기도 하면서 나름 인망을 얻고 있었다.

칼스는 부유함이 나쁘지는 않았다.

솔직히 궁핍한 삶보다야 부유함이 더 낫지 않은가?

칼스는 서둘러 오두막으로 뛰어갔다.

"배고프지?"

오두막 안으로 들어서자 안나의 행동이 부산해졌다.

먼저 갈색 빛이 살짝 도는 빵과 염소젖으로 만든 치즈, 그리

고 염소젖이 먼저 차려졌고, 이어 자글자글하게 익힌 스튜가
나왔다.

"잘 먹겠습니다."

무척 허기가 졌던 칼스는 마파람에 게 눈 감추듯 음식을 비
워갔다.

칼스도 칼스였지만 프랭크가 워낙 대식가인지라 푸짐하게
차려졌던 상은 금세 싹 비워졌다.

"꺼억-, 배부르다."

한상 푸짐하게 차려졌던 점심이 끝나고 이름 모를 약초로
우려낸 차가 투박한 질그릇에 담겨 나왔다.

"후르륵!"

프랭크는 안나가 내온 김이 모락모락 나는 차를 조금 들이
켜 음미했다.

"좋다!"

흡족한 미소가 지어졌다.

"이래서 귀속늘이 자를 마시는 모양이야."

감탄을 하는 프랭크가 기특한 눈빛으로 칼스를 쳐다보았다.

"우리 아들, 어떻게 이런 생각을 다 했을까?"

칼스네가 차를 마시기 시작한 건 불과 얼마 되지 않았다.

양치질이라는 개념이 없는 이곳에서 밥을 먹은 후 입에서
느껴지는 텁텁함이 꽤나 찜찜했었다. 그래서 시작한 것이 소
금으로 양치질을 하는 것이었다.

하지만 뭔지 모르게 부족함을 느낀 칼스가 생각해낸 것이 바로 차였다.

그래서 프랭크에게 사냥을 나갈 때면 약초를 좀 캐달라고 부탁했었다.

솔직히 처음에는 반신반의로 차를 우려 봤는데 의외로 생각보다 맛이 괜찮았다. 그리고 항상 식사 후 한 잔씩 마셨는데, 이제는 프랭크와 안나도 차 맛에 푹 빠진 모양이었다.

투박하고 볼품없는 질그릇에 담아 먹는 차지만 이런 게 소소한 행복이 아닐까 문득 생각이 들었다.

"그런데 이거면 되겠니? 말한 대로 만들기는 했다만……."

안나가 가죽 주머니 몇 개를 탁자 위에 올려놓았다.

맨손 운동의 한계를 느껴 슬슬 웨이트 트레이닝을 겸할 생각이었다. 그래서 생각한 것이 손목과 팔목에 찰 모래주머니와 덤벨(dumbbell, 아령)을 대신할 수 있는 모래주머니였다.

"이렇게나 빨리요?"

안나에게 부탁한 게 불과 엊그제였다.

두꺼운 가죽을 꿰매느라 손가락 여기저기에 숱한 상처가 나 있는 안나의 손이 눈에 들어왔다.

마음이 괜스레 찡해졌다.

"……고마워요."

"마음에 든다고 하니 다행이네."

안나가 쭈뼛쭈뼛 고맙다는 말을 하는 칼스를 보며 푸근한 미소를 지어보였다.

"그나저나 아들."

프랭크가 칼스를 불렀다.

"……예?"

"마을에 내려갈 건데, 같이 갈까?"

칼스네는 버틀러 숲마을 소속이었지만 그들이 사는 오두막은 마을에서 조금 떨어진 숲에 있었다.

'마을이라…….'

아이의 기억에 의하면 원래 칼스는 마을에 가는 것을 그다지 좋아하지 않았다. 천성적으로 조용하고 내성적인 아이였던지라 마을에 놀러가도 또래의 아이들과 그다지 잘 어울리지 못했었다.

"싫어?"

프랭크의 목소리는 조심스러웠다.

칼스가 마을에 가는 것을 싫어하는 것을 프랭크가 모를 리 없었다. 하지만 전처럼 소극적인 성격도 아니고, 꽤나 활발해졌으니 다시 마을로 데려가 보는 게 나쁘지 않을 것 같아 물어본 것이었다.

칼스네가 마을에서 홀로 떨어져있다 보니 어린 나이에 친구 하나 없이 자라는 것이 못내 마음에 걸린다는 이유에서였다.

프랭크가 내심 걱정을 할 때, 칼스는 아이의 기억 속에서 한 노인을 떠올렸다. 그 노인의 이름은 마타이로, 마을 사람들과 잘 어울리지 못하는 약간은 괴팍한 늙은이였다.

그를 떠올린 건 그에 대한 특별한 기억 때문이었다.

형식적이지만 농노 마을에도 간혹 공고가 붙는 경우가 있었다. 다른 이들은 눈치를 채지 못했지만 그 노인이 공고를 읽는 것을 우연찮게 본 적이 있었다. 소극적이고 소심한 아이는 그 일에 신경 쓰지 않았지만 기억에는 또렷하게 남아있었다.

'한번 만나봐야겠어.'

글은 중요하다.

적어도 읽고 쓸 줄은 알아야한다.

이 부분에 대해서 나름 고민을 하고 있었는데 때마침 풀릴 실마리가 떠오른 것이었다.

"그래요. 같이 가요."

아이는 소심한 성격으로 그에게 다가가지 못했지만 자신은 아니었다.

"그래? 잘 생각했다."

프랭크와 안나는 눈에 띄게 밝은 표정으로 서로를 마주보았다.

제4장
첫 싸움, 첫 패배

　가을 막바지로 들어선 때라 산로(山路)에는 많은 나뭇잎이 떨어져 있었다.

　발걸음을 옮길 때마다 바스락거리는 소리가 들렸다.

　정취에 흠뻑 젖었나.

　그렇게 대략 30분 정도 걷자 제법 큰 마을이 모습을 드러냈다.

　칼스네가 소속되어있는 버틀러 숲마을이었다.

　프랭크와 함께 마을 초입에 들어서자 참기 힘든 악취가 코를 찔렀다.

　그저 바람에 스쳐지나가는 악취가 아닌, 오랜 시간에 걸쳐 마을 전체에 배어있는, 그런 악취였다.

‘길인지 거름 밭인지 모르겠군.’

길 위에 뿌려져있는 오물들을 보며 칼스는 미간을 찌푸렸다.

그러고 보니 아이가 마을에 오기 싫어했던 이유 중 하나가 이런 악취였다는 기억을 떠올렸다.

‘정말 부모를 잘 만났어.’

만약 이 마을의 어느 아이의 몸에서 눈을 떴을 수도 있었겠다고 생각하니 기분 나쁜 소름이 확 돋았다.

“계십니까?”

칼스는 프랭크의 목소리에 상념에서 깨어났다.

어느새 프랭크와 칼스는 촌장의 집 앞에 도착해있었던 것이었다.

“누구세요?”

문이 열리며 주근깨가 가득한 갈색의 고수머리의 아이가 얼굴을 삐죽 내밀었다.

‘코델.’

기억에 의하면 칼스와 동갑내기로, 버틀러 숲마을의 아이들을 한 손에 휘어잡고 있는 골목대장이었다.

칼스는 코델에게 그다지 좋은 감정도, 그렇다고 나쁜 감정도 가지고 있지 않았다. 굳이 좋고 나쁨을 따지면 나쁜 쪽에 가까웠다.

그 원인을 찾자면 아이가 원래 소심하고 약하기 때문이었다.

그렇다보니 코델은 악의는 없었겠지만 아이를 적당히 괴롭

힌 것이었다. 지금의 칼스 입장에서 본다면 그저 짓궂은 정도
겠지만 아이의 입장에서는 제법 괴로운 기억들도 있었다.

괜스레 마음이 쓰렸다.

아이가 당한 기억이었지만 꼭 자신이 당한 것 같은 감정이
슬며시 든 것이었다.

쓴웃음을 짓는 사이 다른 한 아이의 얼굴이 떠올랐다.

'라빈.'

순간 감정이 울컥 치밀었다.

라빈이라는 아이는 자칭 코델의 오른팔로, 매우 약삭빠른
아이였다. 문제는 전형적으로 강자한테는 약하고 약자한테는
강한 성격이라는 것이었다.

그렇다보니 항상 코델 옆에 달라붙어 온갖 아부와 아양을
떨었고, 자신의 약한 힘을 숨기기 위해 조금이라도 자신보다
약하다싶은 아이들에게는 모질 정도로 못살게 구는 아이였다.

"안녕하세요."

순간의 울컥 치민 감정에 스스로 놀라 멍한 표정을 짓고 있
는 칼스를 잠시 쳐다보던 코델은 서둘러 프랭크에게 넙죽 인
사를 건넸다.

"잘 지냈냐?"

"들어오세요."

"고맙다."

코델은 예의바른 모습으로 문을 열어주자 프랭크가 그의 머

리를 가볍게 쓰다듬은 후 먼저 안으로 들어갔다. 프랭크가 안으로 들어가자 얌전하던 코델의 표정이 한순간 바뀌었다. 악동의 심술궂은 미소가 칼스를 향해 씩 지어진 것이었다.

"여어, 잘 지내……."

코델은 건들건들거리며 칼스에게 다가가 어깨동무를 걸치려했다.

요 근래에 들어 아이의 기억과 감정들이 마치 자신의 기억과 감정처럼 느껴질 때가 잦아졌다.

어쩌면 자연스러운 현상일 수도 있겠다 싶었지만, 솔직히 거북스러운 면도 없지 않았다. 마치 자신이 아닌 다른 이가 되어가는 듯한 느낌이 문득문득 들기 때문이었다.

'그래도 익숙해져야겠지?'

원래의 몸과는 다르지만, 이제는 평생 함께 살아갈 몸이니 말이다.

'아무리 그래도 이 나이에 무슨…….'

열두 살 또래의 아이를 향해 울컥거리는 감정에 실소를 삼키며 프랭크를 따라 오두막 안으로 들어갔다. 코델에 대해 전혀 신경을 쓰지 않았던 터라 마치 그의 팔을 피해 오두막 안으로 들어가는 장면이 연출되었다.

"뭐, 뭐야?"

코델은 자신을 깨끗이 무시하고 안으로 들어가 버린 칼스의 뒷모습을 향해 어이없다는 표정을 지었다.

‘요게 디질라고.’

코델은 심술궂은 표정을 지으며 뒤따라 오두막 안으로 들어 갔다.

칼스를 가장 먼저 반긴 것은 매캐한 연기와 퀴퀴한 냄새, 그 리고 꿉꿉한 습기였다. 하긴 하루하루 연명하기도 힘에 부치 는 농노들에게서 청결한 문화를 기대한다는 것은 거의 불가능 한 일이었다.

하지만 칼스는 그런 표를 내지 않고 속으로 삭이며 허름한 옷차림에 꾀죄죄한 몰골을 한 오십 대 후반의 장년인과 그 옆 에 선 삼십 대 초중반의 중년 여성에게 고개를 숙여 인사했다.

촌장 파시와 그의 아내 오르타였다.

“안녕하세요.”

“오랜만이구나.”

“어서 오렴.”

칼스는 인사를 하고 안내받은 탁자 앞에 앉은 뒤 곧바로 생 각에 잠겼다.

그런 칼스의 맞은편에 터벅터벅 따라 들어온 코델이 앉았 다. 코델은 의자 끝으로 엉덩이를 밀어 반쯤 비스듬하게 등받 이에 몸을 기대고 바지주머니에 손을 꽂아 넣었다.

그리고는 칼스를 은근하게 쏘아보았다.

하지만 촌장의 집에 들어서면서부터 칼스는 조금 전 감정의 정리와 더불어 오늘 만날 마타이 노인에 대한 생각에 잠겨있어 코델의 그런 모습을 전혀 인지하지 못하고 있었다.

'요 새끼, 요거.'

코델은 탁자 아래로 발을 뻗어 칼스의 정강이를 툭툭 쳤다.

그제야 상념에서 깬 칼스가 코델을 쳐다보았다.

코델은 그런 칼스를 향해 입술 끝을 살짝 말아 올리며 입술을 천천히, 그리고 또박또박 열었다.

'디 · 질 · 래? 엉?'

비록 목소리는 들리지 않았지만, 칼스는 코델의 입술 모양이나 분위기로 그가 무슨 말을 했는지 충분히 알아들었다.

피식 웃음이 터졌다.

열 살 아이가 불량배처럼 주머니에 손을 꽂아 넣고 협박하는 모습이 꽤나 어이가 없었던 까닭이었다.

그 웃음에 코델은 잠시 벙 찐 표정을 지었다가 이내 험악하게 인상을 와락 찌푸렸다.

'야! 야!'

코델은 칼스의 정강이를 발로 다시 툭툭 치며 다시 입술을 벌렸다.

'따라 나와!'

코델의 입모양에 칼스의 미간이 좁혀졌다.

그 모습이 코델의 심기를 더욱 긁었는지 눈썹이 꿈틀거렸다.

"프랭크 아저씨, 칼스랑 놀러 나가도 되죠?"

코델은 언제 그랬냐는 듯 표정을 싹 바꾸고 천진난만한 목소리로 프랭크에게 물었다.

"그래. 칼스 잘 부탁한다."

"늦지 않게 와야 한다."

코델의 엄마가 맥주가 가득 담긴 잔을 들고 와 촌장 파시와 프랭크 앞에 내려놓았다.

"네, 엄마. 아빠, 다녀올게요."

"너무 험하게 놀지 말고."

촌장 파시의 말에 코델은 씩씩하게 '네.'라고 대답하고는 칼스의 어깨에 손을 얹었다. 그리고는 어깨를 강하게 움켜잡았다.

"나가서 재미있게 놀자."

어금니를 살짝 문 목소리.

'날 우습게 봤군.'

정확히는 지금의 칼스가 아닌 예전의 아이를 우습게 본 것이지만.

칼스는 코델의 손을 옆으로 밀치며 자리에서 천천히 일어났다.

그러자 코델의 뺨이 씰룩거렸다.

"늦지 않게 올게요."

칼스는 그런 코델을 무시하며 프랭크를 쳐다보았다.

어차피 퀴퀴한 냄새에 매캐한 화덕 연기로 오두막 안에 있기도 불편했다.

아울러 마타이라는 노인도 서둘러 만나봐야 한다.

칼스가 흔쾌히 자리에서 일어나자 프랭크의 얼굴은 한순간 환하게 변했다. 항상 수동적인 칼스가 이제는 능동적인 모습을 보인 까닭이었다.

"다녀오겠습니다."

코델은 어색한 웃음을 지으며 넙죽 인사를 한 후 칼스를 따라 집을 후다닥 빠져나갔다.

"칼스가 많이 변했네그려."

"아-, 예."

"안 그래도 마음이 여려 걱정했는데, 잘 된 일이야. 역시 아이는 아이다워야 보기가 좋은 법이지."

"안나도 저도 덕분에 한시름 놨습니다."

프랭크의 환한 표정에 촌장도 흐뭇한 표정으로 고개를 끄덕였다.

*　　*　　*

"오늘 이 엉아랑 재미있게 놀자."

코델이 밖으로 나오자마자 다시 어깨동무를 가장한 목 조르기에 들어가려고 팔을 들어올렸다.

칼스는 코델의 손을 옆으로 슬쩍 밀며 피했다.

"안 본 사이에 많이 컸다."

코델은 기가 막히다는 투로 칼스를 쳐다보았다.

"지랄."

칼스가 비꼬았다.

코델의 눈썹이 꿈틀거린다 싶더니 칼스의 배를 향해 발길질이 날아왔다. 하지만 칼스는 그런 코델의 발을 옆으로 흘렸다.

이쯤 되면 더 이상 장난으로 볼 수 없었다.

이 상황을 피하려면 피할 수 있겠지만 칼스는 피하지 않았다.

마타이 노인이 글을 가르쳐주겠다는 허락이 전제조건이기는 하지만 글을 배우려면 매일같이 마을로 내려와야 한다. 아니, 그 일이 아니더라도 앞으로 마을로 내려올 날이 많아 질 것이다.

그때마다 코델을 피할 수는 없는 노릇이었다.

그리고 그 무엇보다 머리가 아닌 심장으로 살아가리라 다짐한 칼스였다.

지금 심장은 싸움을 원했다.

예전의 나약한 칼스는 이제 없었다.

"옮길까?"

칼스는 턱으로 촌장집을 가리켰다.

아무리 프랭크에게 가슴을 울리는 부자의 정이 없다고는 해도, 그래도 아버지는 아버지였다.

"훗."

칼스의 뜻을 알아차린 코델은 같잖다는 듯 코웃음을 터트리며 몸을 돌렸다.

"이 새끼, 보자보자 하니까. 죽었다고 생각하고 따라 와."

코델이 칼스를 데리고 간 곳은 야산 초입에 위치한 공터였다.

막상 공터에서 코델과 마주서자 은근히 긴장되었다.

단순히 아이와의 싸움이라 생각했는데 곰곰이 생각해보니 자신도 지금은 아이의 몸이 아니던가.

하지만 긴장을 즐기는 자신의 모습 또한 동시에 발견했다.

'훗!'

옅은 웃음을 삼켰다.

"왜, 이제 와서 쫄리냐?"

코델은 긴장한 칼스를 보며 히죽거렸다.

"지금이라도 무릎을 꿇고 잘못했다고 빌면 한 번 봐줄 용의도 있는데."

그 목소리에 칼스의 눈빛이 바뀌었다.

독기로 가득찬 눈이 가늘어지는가 싶더니 피식 웃음이 새어 나왔다.

"까고 있네."

칼스는 씨익 웃음을 지으며 하얀 이를 드러냈다.

그 웃음에 히죽거리던 코델의 웃음은 싹 사라졌다.

"겁을 아주 상실했구나."

코델은 다짜고짜 성큼 다가서며 칼스를 향해 주먹을 날렸다.

워낙 힘이 들어간 주먹이었기에 칼스는 어렵지 않게 뒤로 물러나며 그의 주먹을 피할 수 있었다.

뒤로 몇 걸음 물러난 칼스는 몸을 살짝 웅크리며 두 주먹을 들어 올려 자세를 취했다.

칼스의 폼이 단단해지자 코델은 곧바로 달려들지 못했다.

먼저 움직인 것은 오히려 칼스였다.

뒷발을 끌듯이 앞으로 공간을 좁혀나간 칼스는 왼손으로 코델의 턱을 향해 가볍게 잽을 날렸다.

툭!

힘을 빼고 오로지 속도에만 집중한 주먹이라 생각 이상으로 빨랐다. 그런 레프트 잽은 코델의 턱을 가볍게 때렸다.

"그걸로 어디 파리라도 잡겠나?"

코델은 다시 날아오는 레프트 잽을 피하지 않고 몸을 숙여 칼스를 향해 달려들었다.

툭!

다시 가벼운 레프트 잽이 코델의 이마를 때렸다.

그 순간 칼스의 눈빛이 차갑게 변했다.

회오리바람처럼 오른쪽 어깨가 회진하며 오른 주먹이 코델의 얼굴을 향해 날아갔다.

퍽!

묵직한 소리가 얼굴에서 터졌다.

"컥!"

짧은 신음과 함께 코델이 앞으로 고꾸라졌다.

칼스는 만족스러운 미소를 지으며 앞으로 쓰러지는 코델을 피해 뒤로 물러나며 욱신거리는 주먹을 주물럭거렸다. 밴디지로 주먹을 보호하지 않은 터라 코델에게 충격을 가한 만큼 주먹에도 꽤나 중한 충격을 받은 것이다.

"으아아아!"

앞으로 반쯤 쓰러지던 코델이 소리를 버럭 지르며 땅에 팔을 짚더니 마치 미식축구의 선수가 앞으로 돌진하는 것처럼 칼스의 배를 어깨로 찍으며 들어왔다.

간과했다.

코델은 골목대장이다.

그만큼 나름 산전수전 다 겪은 아이라는 소리다.

'젠장!'

끝이라고 느꼈던 칼스였기에 당황하며 뒷걸음을 쳤다.

코델은 마치 레슬링의 태클처럼 칼스를 바닥에 눕히며 얼굴을 향해 주먹을 날렸다.

퍽!

전기에 감전된 것처럼 강렬한 충격이 머리를 뒤흔들었다.

정신이 한순간 아득해졌다가 빠르게 돌아왔다.

칼스는 본능처럼 양다리로 코델의 허리를 감싸며 허리를 쭉 세웠다. 그렇게 코델을 밑으로 밀어내자 그의 주먹이 얼굴에서 멀어졌고, 간혹 얼굴을 향해 날아와도 맞히기 급급한 그런 주먹뿐이었다.

퍽퍽퍽!

힘겹지만 그래도 여유를 찾은 칼스는 왼팔로 코델의 얼굴을 밀며 오른 주먹으로 그의 옆구리를 연타했다.

강한 힘이 담긴 주먹은 아니었지만 연타로 이어진 주먹은 코델에게 충분히 충격을 가할 수 있었다.

"윽!"

코델은 괴로운 신음을 토해내며 몸을 비틀었다.

몸을 짓누르던 무게의 중심이 흐트러지자 칼스는 손을 뻗어 코델의 머리카락을 움켜잡았다. 그리고는 힘껏 아래로 잡아당기며 몸을 비틀어 코델의 품에서 빠져나왔다.

"헉헉헉."

숨결이 거칠어져 있었고 머리가 어질어질했다.

가벼운 주먹이라고 해도 꽤나 머리를 허용한 것 때문에 제법 충격이 쌓인 모양이었다.

"퉤!"

입 안에서 느껴지는 비릿한 맛에 침을 뱉었다.

피가 섞인 붉은 침이 바닥에 툭 떨어졌다.

"이 새끼."

헝클어진 머리를 거칠게 쓰다듬으며 코델이 자리에서 일어났다.

꽤나 흥분한 모습이었다.

칼스는 입가에 묻은 피를 손등으로 닦으며 다시 몸을 웅크렸다.

'통한다!'

그의 입술에 진한 미소가 그어졌다.

첫 실전이라 머릿속에 그려진 것과는 달리 어설펐지만 분명 통하고 있었던 것이다.

"이익!"

코델은 빨갛게 달아오른 얼굴로 다시 칼스에게 달려들었다.

칼스는 재빠르게 옆으로 피하며 코델의 얼굴로 잽을 날렸다.

툭!

가벼운 잽이 코델의 뺨을 때리는 순간 강한 라이트 스트레이트가 뻗어나갔다.

부웅—.

하지만 코델이 거저로 골목대장을 차지한 건 아닌 듯, 칼스의 주먹을 옆으로 피하며 크게 주먹을 날렸다.

칼스는 위빙 동작으로 허리를 뒤로 젖히며 코델의 주먹을 피하며 다시 주먹을 날렸다.

퍽!

코델의 얼굴을 가격한 주먹에서 묵직한 느낌이 들자마자 칼스는 뒤로 빠르게 발을 뺐다. 코델이 너무나도 저돌적으로 달려드는 터라 거리를 둘 필요를 느낀 탓이다.

턱!

하지만 칼스의 뜻대로 뒤로 물러나지 못했다.

코델이 칼스의 멱살을 움켜잡은 탓이었다.

“잡았다. 이 쥐새끼 같은 놈. 크크크크.”

코델은 칼스를 힘으로 끌어당기며 다시 주먹을 날렸다.

‘……!’

설마 이렇게 몸이 잡힐 줄은 전혀 생각하지 못했던 칼스였다.

코델의 우악스러운 힘이 담긴 주먹에 머리를 정통으로 맞았다가는 한 방에 뻗을 것이 분명했다.

‘꼴사납게 나가떨어지느니…….’

독기에 가득 찬 눈빛을 번뜩인 칼스는 오히려 코델의 품으로 달려들었다.

퍽!

코델의 주먹이 다 뻗어내지 못한 상태로 칼스의 이마를 때렸다.

제법 강한 충격이 머리를 흔들었지만 칼스의 신형은 무너지지 않았다. 앞으로 달려들며 코델의 힘을 반감시켰기 때문이기도 했지만 그보다는 미리 충격에 대한 각오를 단단히 먹은 것이 너 큰 이유였다.

칼스는 이를 악물고 코델의 허리를 잡으며 태클에 들어갔다.

“흐읍!”

하지만 코델이 월등한 힘으로 칼스의 몸을 짓누르며 버텼다.

마치 씨름하는 자세처럼 힘겨루기에 들어가는 듯한 상황이 만들어졌다. 이제 갓 몸을 만들기 시작한 칼스의 입장에서는 힘겨루기에 들어가면 필패가 자명한 일.

칼스는 코델의 품에서 벗어나기 위해 그의 옆구리를 향해 주먹을 날렸다. 하지만 엉거주춤한 자세로 날리는 주먹에 힘이 실릴 리 만무했다.

"이 새끼!"

콱!

코델이 품에서 발버둥을 치는 칼스의 등을 팔꿈치로 내려찍었다.

"꺽!"

숨이 끊기는 듯한 신음이 칼스의 입에서 터져 나왔다.

동시에 칼스의 눈에 코델의 무릎이 가득 찼다.

그리고 시야가 하얗게 변했다.

*　　*　　*

시원한 바람이 어느새 차갑게 느껴졌다.

스산한 기운이 등을 타고 올라오는 느낌을 받으며 눈을 떴다.

코델과 싸우기 전까지만 해도 하늘 중앙에 떠있던 해가 지금은 서쪽으로 삐딱하게 걸려있었다.

팍팍팍!

칼스는 입술을 깨물며 주먹으로 바닥을 내려쳤다.

졌다.

완패였다.

‘하지만……’

곧 칼스의 입가에는 담담한 미소가 그려졌다.

가슴이 뻥 뚫린 것처럼 시원했다.

객관적으로 보면 언제 왕따를 당해도 이상하지 않을 약골이 고작 석 달 복싱을 배워가지고 학교 짱에게 덤벼든 거나 매한가지였다.

하지만 성과가 없지 않았다.

적어도 무기력하게 당하지는 않았으니까.

실컷 때렸고, 실컷 맞았다.

‘기분…… 좋다.’

후련한 이 감정을 좀 더 느끼고 싶었지만 더 이상 누워있다가는 풍이 올 것 같아 자리에서 일어나 앉았다.

“아악!”

자리에서 일어나는데 등에서 근육이 끊어지는 듯한 통증이 엄습했다.

‘이 근처에 개울물이 있었지?’

칼스는 욱신거리는 등 때문에 허리를 잡고 근처 개울물로 천천히 걸어갔다.

졸졸 흐르는 개울물에 얼굴을 비췄다.

입술이 터졌고, 그 언저리가 퍼렇게 멍이 든 채 부풀어 올라 있었다.

‘이대로는 마타이 노인을 보러 가지 못하겠군.’

칼스는 옷에 묻은 흙먼지를 툴툴 털며 자리에서 일어났다.

'가슴은 상쾌한데 기분은 개떡 같군.'

돌아서는 칼스의 주먹은 어느새 꽉 쥐여져 있었다.

'당분간 글은 보류다.'

칼스는 코델을 떠올렸다.

'석 달.'

눈동자에 독기가 서렸다.

＊　　＊　　＊

빡·빡·빡·빡-.

눈이 소복이 쌓인 길 위에 발자국이 빠르게 찍혔다.

"훅-, 훅-, 훅-."

그 위에 뜨거운 입김이 뿜어져 나왔다.

바로 구보에 나선 칼스였다.

휙휙휙- 후웅-.

눈길을 달리던 칼스는 잠시 자리에 멈춰 허공에 주먹을 연거푸 날렸다. 그렇게 짧게 몸을 흔들며 주먹을 날린 칼스는 다시 뛰기 시작했다.

그렇게 삼십 분 가량 숲길을 달린 칼스는 오두막 뒤뜰에 들어섰다.

안으로 들어선 칼스는 스트레칭을 마친 후 거목 아래 쌓여

있는 다양한 크기의 모래주머니로 향했다.

웨이트 트레이닝을 위한 것들이었다.

단순히 보기 좋은 근육을 만들기 위한 웨이트 트레이닝이 아니었다.

칼스의 목표는 이소룡이었다.

정확히 말하자면 그가 창시한 절권도가 아니라 그가 생전에 가진, 코브라가 연상되는 광배근을 가진 그의 몸이었다.

웨이트적인 측면에서만보면 그다지 대단한 몸은 아니다. 그보다 훨씬 아름답고 균형 잡힌 몸을 가진 보디빌더가 숱할 정도니 말이다.

하지만 보더빌더들은 이소룡의 몸을 보고 감탄을 금하지 못하는 이가 없다.

왜냐하면 그의 몸은 단순히 관객에게 보이기 위한 과시용 근육이 아니라 인간의 근육에 잠재된 극한의 힘을 끌어내기 위해 짜여진 근육이기 때문이었다.

칼스도 전생에서 한때 그런 이소룡의 몸에 심취한 적이 있었다.

무인이라면 누구라도 이소룡의 몸을 탐냈지만 그 누구도 그와 같은 몸을 가진 이는 없었다.

적어도 김현이라는 이름으로 수천수만의 무예가에 대한 정보를 수집했던 기억에서는.

지금 칼스가 하고 있는 웨이트 트레이닝 루틴(routine, 훈련

프로그램)은 이소룡이 생전에 했던 운동을 참고해 자신에게 맞게 다듬은 것이었다.

칼스는 가장 큰 모래주머니를 양 손에 하나 씩 잡은 후 발을 어깨 너비로 벌렸다.

지금 하려는 운동은 스쿼트(squat)란 것으로, 웨이트 트레이닝의 3대 운동 중 하나였다.

보통은 바벨(barbell, 역기)을 이용해 이 운동을 하지만 현재 칼스의 입장으로 바벨을 대체할 수 있는 운동기구를 가진다는 것은 쉬운 일이 아니었다.

그렇기에 바벨이 아닌 덤벨을 이용한 덤벨 스쿼트를 생각해 냈고, 덤벨을 대신할 수 있는 대체물로 모래주머니를 만들게 된 것이었다.

"후우―."

자세를 잡은 칼스는 날숨으로 숨을 가라앉히며 다시 한 번 더 자세를 점검했다.

웨이트 트레이닝은 근육을 발달시키기 좋은 운동이지만 그만큼 다치기도 쉬운 운동이다. 제법 자세가 잡히고 익숙해졌다고는 하지만 코치도, 안전장치도 없는 현재 상황에서는 조심, 또 조심, 신중하게 운동을 해야만 했다.

자세를 잡은 칼스는 시선을 전방에서 약간 위로 향한 후 아랫배에 힘을 주고 엉덩이를 뒤로 빼면서 허리를 곧게 세웠다.

"흐읍―."

천천히 숨을 들이마시며 무릎을 굽혔다. 무릎과 허벅지가 마치 의자에 앉은 것처럼 직각을 이루자 잠시 시간적 차이를 두고 숨을 내쉬며 하체의 힘만으로 다시 자리에서 일어났다.

짧은 시간 스쿼트 운동을 끝낸 칼스는 이어 좀 더 가벼운 가죽 주머니를 이용해 덤벨 데드리프트(dead-lift)와 벤치프레스(bench-press)를 대신해 푸쉬업(push-up, 팔굽혀펴기)을 연속적으로 각각 10회씩 3세트를 연달아 끝마쳤다.

그 후 칼스는 다시 쉐도우 복싱을 펼쳤고, 이어 풀업(pull-up, 턱걸이)과 벤치 딥스(bench-dips, 의자 뒤 팔굽혀펴기)와 크런치와 싯업(sit-up, 윗몸일으키기)으로 웨이트 트레이닝을 끝마쳤다.

다시 샌드백 앞에 선 칼스의 자세는 석 달 전과는 완전히 달라져 있었다.

어설픔은 사라지고 그 자리를 안정감이 차지한 것이다.

또한 균형 역시 미묘하게 달라져 있었다.

기본적인 자세는 크게 달라지지 않았지만 균형이 전체적으로 약간 낮아져 있었던 것이다.

샌드백을 쳐다보는 칼스의 눈빛이 번뜩이는 순간.

팡팡- 파방!

주먹이 빛살처럼 샌드백에 꽂혔다.

그러던 칼스의 몸이 활처럼 쫙 펴지더니 한순간 수축하며 무릎이 샌드백 하단으로 튀어 올랐다.

니킥(knee kick)이었다.

퍼억!

샌드백은 그 힘을 이기지 못하고 위아래로 출렁거렸다.

팡팡- 파악!

샌드백에 다시 주먹을 꽂는가 싶더니 이번에는 오른 다리로 샌드백의 중앙을 후려쳤다.

복싱에 기반을 두고 무예타이에서 손쉽게 익힐 수 있는 몇 가지 발차기 기술을 더한 것이었다. 하지만 단순히 발차기 몇을 더한 것이 아니었다.

철저하게 하체를 노리는 태클을 대비한 발차기였다.

＊　　＊　　＊

"칼스야."

안나가 밥을 다 먹고 차를 내오며 칼스를 불렀다.

"예?"

"엄마는 솔직히 걱정이다."

근심이 담긴 목소리.

"왜? 씩씩한 게 보기 좋구만."

프랭크가 칼스를 대신해 고개를 갸웃거리며 반문했다.

"운동하는 건 좋은데 그러다가 몸 상할 것 같으니까 그렇죠."

안나가 무슨 걱정을 하는지 칼스는 잘 알고 있었다.

석 달 전 코델과의 싸움에서 정신을 잃은 후, 칼스는 오로지 먹고 자는 것을 제외하고는 지독하리만큼 운동에만 몰두했다.

그러니 안나가 걱정하는 것도 무리는 아닐 것이다.

"괜찮아요. 할 만해요."

칼스는 부드러운 미소를 폈다.

"할 만하다잖아."

그러면서 칼스를 쳐다보았다.

"그래도 무리하지는 마라. 알았지?"

프랭크는 칼스를 향해 안나 몰래 한쪽 눈을 슬쩍 깜빡였다.

"예."

칼스는 대답을 하고 차를 다 마신 뒤 자리에서 일어났다.

"또 운동하려고?"

안나가 걱정 어린 목소리로 불렀다.

"장작 좀 패려구요."

"장작?"

프랭크가 고개를 갸웃거렸다.

풍족하지는 않지만 그래도 이삼일 정도 때울 거리는 있었기 때문이었다.

"내일 마을에 한번 내려가보려구요."

그 말에 프랭크와, 특히 안나의 표정이 환해졌다.

"마을에는 왜 내려가려고 그러니?"

내려갈 일이야 놀러가는 것 외에는 없겠지만, 그래도 안나
는 부모의 입장으로서 물었다.
"아이들이랑 좀 놀려고요."
칼스의 입가에는 미소가 번졌다.
번뜩이는 눈동자 속에 코델의 얼굴이 담겨있었다.

제5장
리매치(Rematch)

숲을 벗어나자마자 굽이굽이 나 있는 오솔길에는 볕이 잘 들어서인지 눈이 쌓여있지 않았다. 동시에 바람도 사나워 노면이 질퍽거리지도 않았다.

그저 땅이 얼어 소금 딱딱할 뿐이지 그런 대로 길을 민힌 길이었다.

'통할까?'

단 한 번의 싸움이었지만 칼스는 코델을 떠올리며 그에 맞춰 철저하게 훈련했다.

아울러 웨이트 트레이닝을 더해 전과는 비교할 수 없을 정도로 힘을 길렀다. 그렇다고 한들 코델의 힘에는 여전히 미치지 못할 것이 분명했지만 적어도 나약한 몸에서만큼은 탈피한 것이다.

마을이 눈에 들어오자 가슴이 두근두근 뛰기 시작했다.

'후후후-.'

칼스는 기분 좋은 웃음을 지었다.

싸우러 가는 길이 이렇게 즐거운 줄 처음 알았다.

전생의 자신이었다면 꿈에도 꾸지 않았을 일.

칼스는 웃음을 뿌리며 버틀러 숲마을로 들어섰다.

머뭇거림 없이 촌장집으로 걸어간 칼스는 문이 보이는 담벼락에 몸을 기대고 섰다.

"코델, 이 녀석!"

약간의 소란과 함께 코델을 부르는 뾰족한 목소리가 촌장집에서 울려 퍼졌다.

콰당!

"다녀오겠습니다!"

문이 벌컥 열리며 코델이 후다닥 뛰어나왔다.

"너 거기 안 서!"

그 뒤로 코델의 엄마, 오르타가 빗자루로 보이는 몽둥이를 들고 뛰어나오며 고래고래 소리를 질렀다.

"오늘 저녁 없을 줄 알아!"

오르타의 고함에도 아랑곳하지 않고 코델은 골목길로 뛰어나갔다.

"여어-."

칼스는 골목길로 접어든 코델을 불렀다.

"허!"

그 부름에 잠시 걸음을 멈춘 코델은 고개를 돌려 칼스를 보고는 기가 막힌다는 듯 헛웃음을 터트렸다.

"마저 끝내야지."

칼스는 담벼락에서 몸을 일으켰다.

"이 새끼……."

코델은 이를 드러내며 낮게 으르렁거렸다.

"따라 와."

칼스는 코델의 표정과 목소리를 무시하며 몸을 돌렸다. 그리고 칼스가 코델을 데리고 간 곳은 석 달 전에 보기 좋게 기절했던 인근 숲속 공터였다.

주위로 나무가 빽빽하게 들어선 곳이라 땅바닥에는 눈이 거의 보이지 않았다.

"좋군."

다행히 발이 미끄러지는 일은 없을 것 같아 보였다.

바닥을 점검한 칼스는 두꺼운 겉옷을 벗으며 근처 바위에 앉았다.

"잠깐만 기다려."

그리고는 주머니에서 긴 붕대, 밴디지를 꺼내 천천히 주먹을 감쌌다.

“미쳤나? 이게.”

코델은 어이없는 표정을 지었다.

팡팡팡!

오픈 글러브처럼 주먹에 밴디지를 탄탄하게 묶은 칼스는 양 주먹을 번갈아 손바닥에 치며 자리에서 일어났다. 그리고 목과 어깨를 가볍게 풀며 코델 앞으로 걸어갔다.

“많이 기다리게 해서 미안하군.”

애늙은이 같은 말투에 코델은 기가 막힌다는 표정으로 바뀠다.

“덤벼.”

나직한 목소리를 내뱉으며 칼스는 낮게 웅크린 자세를 취했다.

단숨에 빈틈을 지운 탄탄한 자세에 코델의 표정이 굳어졌다.

코델은 버틀러 숲마을 아이들을 휘어잡은 골목대장이다.

촌장의 아들이라는 이점도 아주 없다고만은 할 수 없겠지만 그래도 싸움으로, 혼자 힘으로 아이들을 굴복시켰고, 여전히 힘을 내세워 골목대장의 자리를 유지하고 있었다.

즉, 코 찔찔 흘리는 아이 때부터 거의 매일같이 싸움을 하고 돌아다녔다고 해도 과언이 아닐 정도로 싸움에 이골이 나있었다. 그 때문에 상대를 파악하는 눈도 또래의 누구보다 뛰어났다.

‘달라.’

뭐가 어떻게 다른지는 모르겠지만, 칼스가 자세를 잡자 공기가 달라졌다는 것만은 피부로 느낄 수 있었다.

너무나도 달라진 칼스의 모습에 코델은 전처럼 쉽게 달려들지 못했다. 그 모습이 오히려 칼스를 긴장시켰다.

'타고난 싸움꾼이야.'

어느 방면이든 수재(秀才)가 있는 법이다.

그건 싸움에서도 마찬가지였다.

12살 꼬마 아이가 달라진 자신을 본능적으로 알아차렸다.

쉽지 않으리라 느껴졌다.

'하지만 지지 않아!'

MMA(Mixed Martial Arts, 종합격투기) 등 여러 시합에서 간혹 예상을 엎고 약자라고 평가 받는 선수가 강자를 꺾는 일이 종종 발생한다.

물론 생각 이상으로 숨은 실력을 가져 승부의 판세를 뒤집는 일도 있었지만, 가장 큰 이유는 상대방에 대한 철저한 준비라고 해도 과언이 아니다.

상대방의 선수의 공격 패턴, 취약 부위 등을 철저하게 연구하고 그에 상응하는 공격 방법을 찾아 연습하는 것이다.

그런 것처럼 칼스도 코넬과의 경험을 바탕으로 그에 맞춰 철저하게 운동을 해왔다.

칼스는 몸을 더욱 웅크리며 코델에게로 달려들었다.

휙―.

레프트 잽이 허공을 갈랐다.

코델은 그 순간 눈빛을 번뜩이며 칼스의 품으로 파고들었다. 전과 같이 어깨로 칼스의 배를 받으려는 낮은 자세였다.

칼스의 약점을 기억하고 있다는 뜻이다.

칼스의 눈빛이 반짝였다.

예상했던 흐름이었다.

칼스는 오른손을 내려 코델의 어깨를 잡은 것과 동시에 오른쪽 무릎을 쳐올렸다.

펵!

니킥이 코델의 얼굴에 정확히 꽂히며 묵직한 충격이 무릎에서 느껴졌다.

"컥!"

코델의 짧은 신음.

'이겼다!'

쉽게 이 싸움을 끝내기 위해 칼스는 코델의 얼굴을 향해 왼손 어퍼컷을 날렸다.

하지만 K.O를 너무 의식했다.

동작이 커지고 주먹에 쓸데없는 힘이 담겨버렸다. 그 탓에 주먹은 날렵하지 못하고 무뎠다.

부우웅!

결국 더욱 깊게 파고드는 코델의 얼굴을 맞히지 못하고 애꿎은 허공만 격하고 말았다.

쿵!

그러는 사이 코델의 어깨가 칼스의 배에 밀착되었다.

'젠장!'

칼스는 입술을 깨물며 코델의 목을 감싸는 동시에 다리를 최대한 뒤로 밀었다.

코델의 힘이 얼마나 좋은지 그대로 한 2,3미터 정도는 뒤로 주르르 밀려났다.

하지만 칼스는 이를 악물고 버텼다.

아울러 팔로 감싸고 있는 코델의 얼굴에 주먹을 연신 날렸다.

"으아!"

결국 코델이 칼스를 밀어버리며 뒤로 물러났다.

"헉헉헉!"

코델과 떨어진 칼스의 숨결은 거칠었다.

월등한 힘에 악착같이 맞선 것이 생각보다 체력을 많이 갉아먹은 모양이었다.

둘은 잠시 간격을 벌리고 숨을 가다듬었다.

숨이 진정되자마자 코델이 먼저 달려들었다.

칼스는 뒤로 한 걸음 물러나며 코델의 얼굴을 향해 잽을 날렸다.

충분히 맞힐 수 있으리라 여겼지만 칼스의 주먹은 코델의 얼굴에 닿지 않았다. 코뿔소처럼 돌진해올 줄 알았던 코델이 몇 걸음 내딛지 않아 그 자리에 멈춰 선 것이다.

휙-.

칼스의 주먹이 애꿎은 허공을 때리자마자 코델은 쏜살같이 칼스의 품으로 뛰어 들어왔다.

힘으로는 이길 수 없다는 사실을 알고 있기에 칼스는 코델의 머리를 양손으로 잡아 옆으로 틀며 반대쪽으로 몸을 피했다. 하지만 온전히 피하지는 못한 바람에 코델의 손에 옷자락이 잡히고 말았다.

"하하!"

코델은 전처럼 득의양양한 웃음을 터트리며 칼스를 쳐다보았다.

"훗!"

칼스는 짧은 웃음으로 되받아치며 코델을 향해 몸을 비틀었다.

퍽!

칼스의 다리가 코델의 허벅지를 강하게 후려쳤다.

"악!"

코델은 비명을 지르며 바닥을 향해 무릎을 꺾었다. 하지만 바닥에 무릎을 찍지는 않았다. 칼스의 옷자락을 움켜잡은 채 버틴 것이다.

"이 새끼, 죽여 버리겠어!"

코델은 고함을 지르며 칼스의 품으로 몸을 날렸다.

혀가 내둘러질 정도로 강한 맷집이었다.

로우킥을 회수하며 균형이 흐트러진 까닭에 칼스는 코델과 뒤엉켜 바닥을 굴러야만 했다.

그라운드 기술이 뛰어나면 좋겠지만, 애석하게도 칼스는 거기까지 갈고 닦지 못했다.

퍽퍽퍽퍽-.

여기서부터는 막싸움이었다.

승패를 장담할 수 없게 되어버렸다.

코델은 이런 경험이 풍부하다. 반면 칼스는 연습은 되어있지 않지만 나름 그라운드 기술에 대한 지식을 가지고 있었다.

'어설픈 건 통하지 않아.'

칼스는 이를 악물고 엎치락뒤치락하는 균형을 깨고 코델의 배 위로 올라탔다. 그리고는 코델의 머리에 주먹을 날리는가 싶더니 머리로 코델의 얼굴을 냅다 내려쳤다.

사람의 신체 중 단련 없이도 강한 부위가 몇 군데 있다.

그중 머리가 단연 압도적이었다.

아울러 땅바닥에 뒤엉켜 있을 때에는 이보다 더 효과적인 공격도 찾기 힘들 정도였다.

퍽!

코델의 코가 뭉개지며 피가 튀었다.

그 모습에 칼스는 주먹을 내지르려고 했으나 코델의 손이 더 빨랐다.

"아악!"

예상치 못한 공격에 칼스의 입에서 비명이 터져 나왔다.

코델이 칼스의 머리카락을 움켜잡고 마구 흔들기 시작한 것이다.

"비겁……."

"까고 있네. 싸움에 비겁이 어디 있어?"

칼스의 얼굴은 고통으로 일그러졌다.

아울러 그 말에 반박할 수가 없었다. 코델의 말에 틀린 것이 하나 없다고 여겨진 까닭이었다.

'이렇게 나온다 이거지?'

칼스의 눈동자에 독기가 서렸다.

눈에는 눈, 이에는 이다.

칼스도 코델의 머리카락을 움켜잡고는 마구 흔들었다.

"아아악!"

"으악!"

칼스와 코델의 비명이 동시에 터져 나왔다.

하지만 둘 중 누구도 먼저 손을 떼지 않았다. 머리카락이 뭉텅이로 뽑혀나갔지만 둘 모두 물러나지 않았다.

독종도 이런 독종이 없었다.

미처 몰랐지만 코델의 독기도 자신보다 더 하면 더 했지 덜 하지 않는 것 같았다.

"풋!"

느닷없이 칼스의 입에서 웃음이 터져 나왔다.

독하게 마음먹고 석 달이나 준비하고 온 싸움이었다. 그런데 어느새 머리카락이나 잡고 싸우는 동네 아이들의 싸움으로 변했기 때문이었다.

"가지가지 한다."

코델이 실소를 머금으며 칼스의 머리를 흔들던 손을 마침내 놓았다.

"놔, 이 새끼야."

그 말에 칼스도 손을 놓았다.

"싸움 맛 떨어지게시리. 아호-, 그나저나 겁나 뽑혔네."

코델은 욱씬거리는 머리를 매만지며 투덜거렸다.

"누가 먼저 했는데? 기가 막히는군."

그 말을 들은 코델은 은근히 시선은 외면하는 칼스의 모습에 피식 웃음이 터졌다.

'정말 많이도 뽑혔군.'

칼스의 손가락 사이에 코델의 머리카락이 뭉텅이로 끼어있었던 것이다. 자신의 머리카락도 그만큼은 뽑혔을 것이다.

칼스는 손가락 사이에 낀 머리카락을 털어내며 은은한 통증이 느껴지는 머리로 손을 올렸다. 머리를 쓰다듬은 뒤 겉옷이 놓여있는 바위로 몸을 돌렸다.

"야, 비실이."

겉옷을 입는 도중 코델의 목소리가 들려왔다.

"누가?"

칼스는 코델을 쏘아보며 겉옷을 마저 입었다.

"하긴."

코델은 수긍한다는 듯 고개를 끄덕였다.

"너, 꽤 바뀌었다."

“원래 사람은 바뀌어.”

“그래그래, 알았어. 그나저나 칼스.”

코델이 제법 귀찮게 말을 걸었다.

“왜?”

“너도 우리 패에 들어와라.”

코델이 보기 나쁘지 않은 웃음을 지으며 다가왔다.

“싫어.”

아이들 놀이에 끼어들 마음은 눈곱만큼도 없었다.

“새끼, 거 대답 한번 겁나 빠르네.”

코델은 피식 웃음을 머금었다.

“석 달.”

칼스는 그런 코델을 보며 짧게 말을 툭 던졌다.

“어?”

“석 달.”

“석 달? 그게 뭐?”

코델은 눈을 껌뻑거렸다.

“석 달 뒤에 보자.”

석 달 뒤에 다시 싸우러 오겠다는 뜻이다.

그 말을 툭 던지고 공터를 빠져나가는 칼스를 보며 코델은 얼굴을 확 일그러트렸다.

“저거 완전히 미친 거 아니야?”

코델은 인상을 찌푸리다말고 멀어져가는 칼스를 뒤쫓아 달려 나갔다.

"야! 야! 칼스!"

칼스는 뒤에서 들려오는 목소리를 무시하며 걸음을 멈추지 않았다.

"같이 가!"

결국 걷는 걸음이 뛰는 걸음을 당해낼 수 없는 건 자명한 일. 얼마 걷지 않아 칼스는 코델에게 따라잡혔다.

그제야 칼스는 걸음을 멈췄다.

"일 없냐?"

눈가를 찌푸리며 물었다.

"어. 없어."

코델은 능글맞은 웃음을 띠며 대답했다.

"애들 안 기다려?"

"안 가도 돼."

"대장 맞냐?"

"대장이니까."

코델은 능청스럽게 귀를 판 후 입으로 훅 불며 대답했다.

"어디가?"

칼스가 걸어가고 있는 곳은 칼스네 오두막으로 나 있는 길이 아니라 버틀러 숲마을로 향하는 길이었다.

"그냥 가라."

칼스는 코델의 말을 싹 무시하며 다시 걸음을 내딛었다.

“야!”

그러자 코델이 소리를 질렀다.

“석 달. 잊지 마.”

칼스는 다시 걸음을 멈춰 말을 툭 던지고는 다시 길을 따라 걸어갔다.

코델의 얼굴이 확 일그러진 것은 두말하면 잔소리.

“나랑 무슨 원수 졌냐?”

코델은 다시 칼스를 따라잡으며 물었다.

“아니.”

“그런데 왜?”

“싸우는 데 이유가 필요해?”

“헐-.”

코델은 기가 막힌다는 듯 신음을 토해냈다.

“너, 이상한 약이라도 먹었지? 그렇지?”

칼스는 대꾸도 귀찮아 그냥 코델의 말을 싹 무시했다.

“그렇지 않고서야 사람이 이렇게 확 바뀔 수가 없어.”

코델은 칼스의 몸을 쭉 훑었다.

‘이래서 애들은 귀찮아.’

슬슬 짜증이 났다.

그때였다.

“대장!”

“코델 대장!”

십여 명의 아이들이 코델을 발견하고는 우르르 뛰어왔다.

여느 골목길에서 뛰어노는 애들 나이가 다 그렇듯, 10살에서 13살 쯤 되는 아이들이 우르르 몰려왔다.

15살에 성인식을 치르는 이곳에서는 집집마다 다르지만 보통 14살이 되면 집안일을 거들어야 하기에, 모인 아이들의 나이는 대부분 고만고만했다.

"어라?"

아이들 틈에서 한 아이가 놀란 듯 눈을 동그랗게 뜨며 칼스 앞을 가로막았다.

예전의 칼스를 지독하게도 괴롭혔던 라빈이었다.

코델보다 한 살 위였지만 오히려 살랑살랑 알랑방귀를 뀌며 오른팔을 자처하는 아이였다.

"오랜만이다, 비실이."

라빈은 히죽거리며 이유 없이 칼스의 뺨을 툭툭 건드렸다.

그 모습만 보면 꽤나 힘을 쓸 것 같지만 실상은 코델 옆에 찰싹 달라붙어서 입만 살아 나불대는, 그런 아이였다.

"비켜."

"이게 뭘 잘못 먹었나?"

라빈은 칼스의 머리를 검지로 툭툭 밀었다.

"나야, 나. 라빈. 몰라?"

그리고는 칼스를 향해 껄렁껄렁 얼굴을 들이밀었다.

"죽었네."

코델이 음침하게 웃음을 머금었다.

"그렇지, 대장?"

라빈은 코델의 말에 천군만마라도 얻은 것처럼 활짝 웃으며 칼스를 쳐다보았다.

"오늘 다시 정신 차리게 해줄까?"

라빈의 눈동자가 가늘어지며 칼스의 뺨을 향해 손바닥을 날렸다.

가뜩이나 코델 때문에 짜증이 슬쩍 난 칼스였다. 더욱이 그렇지 않아도 아이의 기억 때문에 라빈에 대한 감정은 좋은 편이 아니었다.

퍼벅!

라빈의 손바닥보다 칼스의 주먹이 더 빨랐다.

레프트 잽, 라이트 스트레이트. 원투가 라빈의 얼굴에 그대로 틀어박혔다.

"아악!"

라빈은 비명을 지르며 얼굴을 감쌌다.

하지만 칼스는 이 정도로 끝낼 생각이 전혀 없었다.

퍽!

로우킥이 라빈의 허벅지를 후려쳤다.

그러자 라빈은 무릎이 꺾이며 바닥에 반쯤 주저앉았다. 그런 라빈의 얼굴에 미들 킥이 꽂혔다.

퍼억!

"컥!"

라빈은 비명다운 비명도 지르지 못하고 썩은 고목나무처럼 뒤로 넘어갔다.

눈 깜짝할 사이에 일이 끝났다.

상상도 못했던 광경에 다들 놀랐는지, 아이들은 동상처럼 아무런 반응도 보이지 못했다.

"이야!"

다만 코델만이 박수를 짝 치며 감탄사를 터트렸다.

"직접 마주하는 것보다 옆에서 보니까 더 무서운걸."

코델은 과장되게 몸을 부르르 떨었다.

칼스는 코델이 그러거나 말거나 앞으로 걸음을 내딛었다.

"뒈지기 싫으면 비켜."

미성이지만 낮게 깔린 목소리.

거기에 번뜩이는 눈동자.

아이들은 찔끔하며 뒤로 물러나며 길을 텄다.

칼스는 버틀러 숲마을 외곽에 위치한 마다이 노인이 머무는 오두막으로 향했다.

"흐음?"

코델은 멀어져가는 칼스의 뒷모습을 보며 의미심장한 미소를 희미하게 머금었다.

제6장
귀찮은 녀석들

오물에서 풍기는 퀴퀴한 냄새에 적응될 쯤, 버틀러 숲마을 외곽에 홀로 동떨어져 있는 마타이 노인의 오두막에 도착했다.

"안에 계십니까?"

칼스는 오두막 문 앞에서 인기척을 냈다.

"누구세요?"

잠시 후, 앳된 목소리가 오두막 안에서 들려왔다. 이어 몸집이 산만 한 아이가 문을 열고 나왔다.

몸집만 보면 어른이라고 해도 믿을 만큼 거구였다.

'그러고 보니, 마타이 노인에게 손자가 한 명 있었지?'

칼스는 고개를 들어 마타이 노인의 손자를 쳐다보았다.

“이름이 뭐지?”

아이의 기억에는 마타이 노인에게 손자가 있다는 것 외에 다른 가족이 있다는 기억이 없었다. 거구의 아이 역시 칼스처럼 동네 아이들과 어울리지 못한다는 것도 얼핏 떠오를 뿐이었다.

“야, 야시르인데요.”

몸집과는 어울리지 않게, 아이는 말을 살짝 더듬었다.

“그래?”

“네, 네.”

대답도 얌전했다.

“할아버지 안에 계시나?”

“사, 산에 약초 캐, 캐러 가셨는데요.”

“흠……. 언제 돌아오시나?”

“고, 곧 돌아와요. 그, 그, 그런데 왜요?”

남들이 보면 이상한 광경.

나이가 어려 보이는 칼스는 천연덕스럽게 말을 놓고 있었고, 그보다 나이가 많아 보이는 야시르는 오히려 조신하게 말을 높이고 있었기 때문이었다.

‘그런데 몇 살이었지?’

문제는 야시르의 나이가 기억에 없다는 것이다.

“그, 그런데 무, 무슨 일이세요?”

“할아버지 좀 뵈려고.”

칼스의 말에 야시르는 고개를 끄덕이며 몸을 옆으로 비켜섰다.

"아, 아, 안에서 기다리실래요?"

"그래도 될까?"

"네."

야시르의 대답에 칼스는 마타이 노인의 오두막 안으로 들어갔다. 오두막 안은 마치 전생의 한약방처럼 씁쓸한 약초 냄새로 가득 차 있었다.

칼스는 오두막 중앙에 놓여있는 탁자에 앉았고, 그 맞은편에 야시르가 앉았다.

달리 대화거리가 없는 터라 둘은 서먹하게 시간을 흘려보냈다.

"그런데 야시르."

"네."

"몇 살이야?"

"여, 열세 살이요."

그 대답에 칼스는 쩝쩝 입맛을 다셨다.

"큼, 니 열두 살이야."

칼스는 멋쩍은 헛기침을 내뱉으며 말했다.

"……아, 아, 네."

야시르는 그냥 순하게 고개를 끄덕였다.

칼스는 그 모습에 그냥 뒷머리를 박박 긁었다.

그렇게 다시 이어진 적막감.

"야시르야."

잠시 후, 오두막 밖에서 걸걸한 노인의 목소리가 들려왔다.

"하, 할아버지."

순박한 아이다운 웃음을 지으며 야시르가 자리에서 벌떡 일어나 오두막 밖으로 쿵쾅쿵쾅 뛰어나갔다.

칼스도 자리에서 일어나 야시르를 따라 밖으로 나갔다.

"에고고-, 허리야."

자그만 키에 배짝 말라 한눈에도 꼬장꼬장하게 보이는 노인이 큼지막한 약초 주머니를 야시르에게 넘기며 허리를 펴고 있었다.

바로 마타이 노인이었다.

"너는 누구냐?"

야시르 뒤로 칼스가 모습을 드러내자 마타이 노인이 칼칼한 목소리로 물었다.

"칼스입니다. 사냥꾼 프랭크의……."

"그렇구나. 아버지가 보내서 왔느냐?"

마타이 노인은 허리를 툭툭 치며 다가왔다.

"아닙니다. 아버지는 제가 여기에 온 걸 모릅니다."

대답에 마타이 노인이 칼스를 빤히 쳐다보았다.

"야시르랑 놀려고 온 것도 아닐 테고, 어연 일로 나를 다 찾아온 거지?"

"글을 배우고 싶습니다."

빙빙 돌려 말하기도 그렇고 해서 직설적으로 용건을 밝혔다. 그러자 마타이 노인의 눈이 조금 커졌다.

"일단 안으로 들어오너라."

칼스는 마타이 노인을 따라 오두막 안으로 들어갔다.

"아비의 영향일 리는 없겠고, 어미의 영향인가?"

마주 앉자 마타이 노인은 혼잣말을 중얼거렸다.

"왜 이 늙은이에게 글을 배우려 왔지?"

"우연히 할아버지께서 마을에 붙은 공고문을 읽는 것을 본 적이 있습니다. 그래서……."

"글을 배우고 싶으면 네 어미한테 가르쳐달라고 하면 되지 않으냐?"

마타이 노인의 말에 칼스의 눈동자가 살짝 커졌다.

'어머니가?'

몰랐다.

칼스도, 그리고 이 몸의 주인이었던 아이도.

"몰랐던 모양이로군. 늙으면 실수가 많아져."

슬그머니 독백을 내뱉는 마타이 노인.

"야시르야, 연초 좀 가져오너라."

품을 뒤적이던 마타이 노인이 약초를 정리하는 야시르를 불렀다.

잠시 후, 야시르가 누렇게 말린 담뱃잎을 가져왔다. 마타이 노인은 담뱃잎에 침을 발라 돌돌 말고는 화덕의 불을 이용해 담뱃잎에 불을 댕겼다.

“후우—.”

하얀 담배 연기가 약초 냄새와 섞였다.

“나는 이제 뼈마디가 굳어져 산 오르기에도 벅찬 나이다.”

에둘러 거절하는 마타이 노인.

칼스는 농노가 글을 가르치고 배운다는 자체가 반길 일이 아니라는 것을 알고 있었다. 그렇기에 쉽게 허락을 맡을 수 있다고 생각하지 않았다.

“저……”

“그, 글이라면 내, 내가 가, 가, 가르칠 수 있는데…….”

야시르가 칼스의 말을 가로챘다.

마타이 노인이 조금 놀란 눈으로 야시르를 쳐다보았다.

“헤, 헤헤.”

야시르는 순박한 웃음을 지으며 탁자에 앉았다.

해맑고 씩씩하던 야시르는 유복자로 태어나 아버지의 사랑을 한 번도 받아보지 못했는데, 그것으로도 모자라 5살이 되던 해에 어머니의 자살을 두 눈으로 목격하고, 그 충격으로 말을 더듬게 되었다.

예전의 모습을 찾아주고자 밖으로 나가 놀게 했는데 오히려 아이들의 놀림감이 되면서 차츰 자신감을 잃고 소극적인 아이로 변해버렸다.

그렇다보니 한창 뛰어다녀도 모자랄 판에 거의 집에 틀어박혀 있거나 아니면 숲에서 혼자 놀았다.

마타이 노인은 하나밖에 없는 혈육의 모습을 보며 애타는 마음을 혼자 삭이고 있었던 것이다.

칼스는 고개를 돌려 마타이 노인을 쳐다보았다.

무언의 허락을 구하는 눈빛이었다.

"너무 오래 쉬었구나. 늦기 전에 약초를 말려야겠어."

마타이 노인은 가타부타 말없이 자리에서 일어났다.

말은 없었지만 허락이 분명했다.

"고맙습니다."

칼스는 고개를 숙였다.

"쉬운 글 정도는 읽고 쓸 만큼 될 거다."

마타이 노인은 문을 열고 밖으로 나갔다.

"대, 대신……."

마타이 노인이 나가자 잠시 손가락을 만지작거리며 우물쭈물하던 야시르가 용기를 내어 말했다.

"나, 나, 나한테도 사, 사, 사, 싸움……."

긴장을 해서인지 말은 쉽게 알아들을 수 없을 정도로 더듬거렸다.

"싸움을 가, 가, 가르쳐 줘, 줘."

"싸움?"

칼스가 낯을 살짝 찡그리며 반문했다.

"봐, 봐, 봤어. 코, 코델하, 하고 싸, 싸우는 거."

그 말에 칼스가 피식 웃음을 삼켰다.

'그러고 보니 이 녀석 왕따였지?'

전후 사정이 눈에 훤했다.

정확한 사정은 모르겠지만 야시르는 어릴 적 부모를 잃고 심병(心病)을 꽤나 앓았다. 그 부작용으로 말을 더듬기 시작했고, 그 이후로 아이들에게 '더듬이'라며 놀림을 꽤나 받은 걸로 기억하고 있었다.

그것도 아주 오래 전이었다.

지금 체격을 보면 아이들을 휘어잡아도 이상하지 않겠지만, 보나마나 소심해지고 자신감이 없어진 채로 여전히 주눅 든 삶을 살고 있는 게 뻔했다.

사정이야 딱하다고는 하지만…….

"흠……."

칼스는 팔짱을 끼며 침음했다.

고민이 든 것이다.

"왜, 왜, 왜, 시, 싫어?"

야시르는 잔뜩 움츠러든 모습으로 칼스의 눈치를 살폈다.

'글과 복싱이라…….'

복싱을 누군가에게 가르친다는 게 마땅찮았다.

'별수 없나?'

세상에 공짜는 없다.

하나를 얻으려면 하나를 줄 수밖에 없는 것이 이치.

"좋아."

칼스의 말에 야시르의 표정이 환해졌다.

"하지만 다 가르쳐줄 수는 없어. 대신 주먹 쓰는 법만 가르쳐주지."

야시르는 그것만으로도 좋은 듯 순진한 웃음을 지으며 연신 고개를 끄덕였다.

"우리 집 알지?"

"어."

"오후에 와."

"아, 알았어."

야시르의 순한 모습을 보면 그다지 귀찮게 하지는 않을 거 같았다.

"와서 한 시간 나에게 글 가르쳐주면, 내가 그 뒤 한 시간 너에게 주먹 쓰는 법 가르쳐줄게."

"으, 응."

야시르는 세상을 다 가진 것처럼 환한 표정이었다.

"내일 늦지 않게 와."

칼스는 자리에서 일어났다.

"아! 야시르."

"어, 어?"

"나, 너한테 말 안 높인다."

이기적이라 생각할지 모르겠지만 불편한 건 싫다.

"그, 그, 그냥…… 우, 우, 우리 친, 친구……."

말하는 동안에도 연신 눈치를 살피는 모습.

정말 덩치에 안 어울리는 행동이 아닐 수가 없었다.

칼스는 그런 야시르의 어깨를 툭 치며 웃었다.

"고, 고마워."

그 모습이 친구로 받아들였다고 느낀 모양이었다.

칼스는 굳이 '아니다.' 라는 말을 하지 않았다.

'나도 참 나쁜 놈이군.'

칼스는 한 번 더 야시르의 어깨를 툭 치며 문을 열었다.

"내일 보자."

오두막을 벗어나는 칼스는 소심한 야시르를 떠올렸다.

'복싱보다 웅변부터 가르쳐야 하나?'

칼스는 낯을 살짝 찡그렸다.

*   *   *

그다지 큰 관심이 없어 몰랐지만 안나를 살피니 단순히 농노라고 하기에는 뭔가가 다르다는 느낌이 어렴풋이 느껴졌다.

'더욱이 글을 알고 있다라……'

마타이 노인의 말이 떠올랐다.

"엄마 얼굴에 뭐라도 묻었니?"

"아, 아니요."

칼스는 황급히 시선을 거뒀다.

“하하하, 이게 다 자기가 예뻐서 그런 거지.”

팔불출.

칼스는 피식 웃음을 삼키며 고개를 설레설레 저었다. 동시에 일단 안나에 대한 생각을 접기로 했다. 감출 만한 이유가 있어서 감췄을 것이고, 때가 되면 알려주지 않을까 해서다.

그게 아니더라도 해야 할 것이 태산인지라 그것까지 신경을 쓰고 싶지 않기도 했다.

“아 참, 내 정신 좀 봐.”

안나가 자리에서 벌떡 일어나 밖으로 나갔다.

일이 있다고 나갔던 안나가 곧 다시 안으로 들어왔다.

“칼스야. 누가 찾아왔는데…….”

안나와 함께 산만 한 덩치를 잔뜩 움츠린 모습의 야시르가 뒤를 따라 안으로 들어왔다.

“아, 아, 안녕…… 하, 하세요.”

야시르는 어제보다 더 심하게 말을 더듬으며 프랭크에게 인사했다.

얼굴이나 손이 발갛게 얼어있는 것으로 보아 오두막에 오고도 곧장 안으로 들어오지 못하고 밖에서 서성인 모양이었다.

소심도 이런 소심이 있을까 싶었다.

“야시르더냐?”

프랭크가 야시르를 알아보았다.

“예, 예.”

“어르신은 무고하시고?”

“예, 예.”

야시르는 마치 ‘예, 예.’ 밖에 모르는 것처럼 대답했다.

“후르릅! 저 운동 나갈게요.”

칼스는 반쯤 식은 차를 단숨에 마시고 자리에서 일어났다.

“나가자.”

“으, 응.”

칼스는 야시르를 데리고 오두막 뒤 공터로 향했다.

운동은 몰라도 공부를 하기에는 날씨가 많이 추웠다.

마땅한 장소를 찾다가 통나무집과 프랭크의 도축장이 ‘ㄱ’ 자로 맞물리는 안쪽으로 향했다. 바람도 없는데다가 볕도 잘 드는 곳이었다.

그래도 날이 추워 손이 금방 얼 것이 분명해 장작더미에서 장작 몇 개와 잔가지를 가져와 부싯돌로 불을 붙였다.

잠시 후 모닥불 덕분에 훈기가 돌자 그럭저럭 앉아 있을 만한 곳이 되었다.

“우와. 조, 좋다.”

그래도 자신은 좀 편해졌다고 야시르가 조금 전에 칼스의 부모님을 대하던 것보다는 조금 덜 더듬었다.

“야시르.”

“으, 응?”

문득 마타이 노인의 출신이 궁금해졌다.

“왜, 왜?”

“너희 할아버지, 어떻게 글을 아시지?”

“치, 치, 친구니까 마, 마, 말해줄게. 하, 할아버지 마, 말씀에 의, 의하면…… 하, 하, 할아버지랑 아, 아버지는 워, 원래 노, 농노가 아, 아니라 사, 상인이셨대.”

“상인?”

“어, 어. 내, 내가 태, 태어나기 저, 전에…….”

야시르의 말에 의하면 그의 부모와 마타이 노인은 난센 남작령 출신도, 그리고 농노 출신도 아니라고 했다.

마타이 노인과 야시르의 부모는 이곳에서 그다지 멀지 않은 하만 백작령 출신이며, 농노가 아니라 보석을 감정하고 거래하는 제법 탄탄한 중소 상단인 야시르 상단의 상주였다고 했다. 그리고 지금 야시르의 이름이 원래 야시르 가문의 성이었다고 했다.

마타이 노인은 야시르 가의 성을 야시르에게 이름으로 물려준 것이었다.

하여튼 그들이 농노가 된 이유는 바로 영지전 때문이었다.

야시르가 배 속에 있던 14년 전.

하만 백작령과 크리머 백작령 사이에 영지전이 발발했다.

두 백작의 휘하 남작과 자작들까지 동원된 상당한 규모의 영지전이었다. 엄청난 군수물자와 병사가 동원된 영지전인 까닭에 하만 백작령을 기반으로 하는 야시르 상단 역시 어쩔 수 없이 반강제적으로 군자금을 헌납해야 했다.

어쩔 수 없다고는 해도 군자금으로 전쟁에 참가한 마당이니 하만 백작령의 승리가 절실했지만, 바람과 달리 하만 백작은 무참하게 패배하고 말았다.

한두 해 전쟁 여파가 있긴 해도 전과 같은 생활로 돌아갈 수 있을 것이라 여겼던 희망이 무참히 부서진 건 종전 후 얼마 지나지 않아서였다.

영지전의 패배로 엄청난 전쟁 배상금을 물게 된 하만 백작이 자신의 재산을 턴 것이 아니라 배경도 힘도 없는, 그렇지만 상당한 부를 축적한 몇몇 중소 상단을 노린 것이다.

명분은 간첩 행위.

하만 백작은 매서운 칼날을 들고 중소 상단의 재산을 모조리 압수하고는 주요 상주 몇몇을 참수하여 본보기를 보인 후 상단과 조금이라도 연관이 되어있는 자들을 한 명도 빠짐없이 노예로 만들어버린 것이다.

후에 들린 소문이었지만 그때 상단을 턴 하만 백작은 전쟁 배상금을 무는 정도가 아니라 재산을 더욱 크게 불렸다는 소문이 한동안 돌았다고 했다.

영지전 후 야시르의 아버지는 참수되고, 농노가 된 마타이 노인과 야시르를 밴 그의 어머니는 영지전 배상금의 일부로서 크리머 백작을 거쳐 그 휘하로 영지전에 참전했던 난센 남작령까지 오게 되었다고 했다.

야시르의 표정은 상당히 침울해져 있었다.

글을 알고 있어 나름대로 사연이 있겠다 싶었지만, 듣는 칼스 자신의 마음이 쓰라릴 정도로 가슴 아픈 사연이었다. 그 사연을 짊어진 야시르야 오죽하겠는가 싶을 정도였다.

"……미안하다. 괜히 쓸데없는 걸 물어봐서."

"아, 아, 아니야. 우, 우린 치, 친구잖아."

야시르가 애써 웃음을 보였다.

"이제 시작할까?"

분위기를 바꾸기 위해 칼스는 글공부로 화제를 돌렸다.

"으, 응."

칼스의 말에 야시르가 품에서 낡은 책 하나를 꺼냈다.

"이, 이걸로 고, 공부할 거야."

야시르가 넘겨준 책은 솔직히 책이라고 부르기에도 민망할 정도의 종이묶음이었다.

대충 안을 펼쳐보니 정식으로 인쇄된 책이 아니라 사람이 일일이 손으로 쓴 것들을 묶어놓은 것이있다. 엉성하기 짜이 없는 것을 보면 아마도 마타이 노인이 직접 만든 책인 것 같았다.

하지만 종이 안에 쓰인 글자 한 자 한 자에 정성이 배여 있었다. 야시르를 향한 마타이 노인의 마음이리라.

"이, 이, 이게…… 아르팟이야."

"아르팟?"

야시르가 첫 장에 적혀있는 기호들을 가리키며 말했다.

낯선 기호들이 빼곡하게 적혀있었다.

모양은 많이 다르지만 그나마 비슷한 것을 찾으라면 영어의 알파벳을 들 만했다.

"아, 아르팟은 초, 총 28개로 되, 되어 있어."

더듬는 말이라 귀에 쏙쏙 들어오지 않았지만 칼스는 최대한 귀를 기울여 야시르의 말에 집중했다.

첫날이라 야시르는 샤르도네 대륙어를 전반적으로 설명했다.

'흠……, 대충 영어와 비슷한 구조군.'

세세한 부분은 달랐지만 큰 틀은 다행히 영어와 비슷했다.

그리고 각 왕국마다, 지역마다 조금씩 언어의 차이가 있지만 의사소통이 가능하다고 했다. 전반적인 설명을 들은 바, 쉽지는 않겠지만 비교적 수월하게 배울 수 있을 것 같았다.

"오, 오늘은…… 이, 이, 이만 할까?"

"그러자."

"채, 책은 주, 주, 줄게."

야시르는 순둥이 같은 미소를 지으며 책을 건넸다.

"다 배우면 다시 돌려줄게."

칼스는 책을 품에 넣었다.

"아, 아니야. 가, 가져도 돼."

야시르는 손사래를 치며 말했다.

그러나 칼스는 할아버지가 직접 만든 소중한 책을 야시르에게 돌려줘야겠다고 생각했다.

"그럼 내 차례인가?"

칼스가 자리에서 일어났다.

야시르는 흥분했는지 홍조가 가득한 얼굴로 같이 자리에서 일어났다.

"일단 보자."

칼스는 야시르의 몸을 살폈다.

생각보다 군살이 너무 많았다.

체격만 좋지 실속이 없다는 거다.

"가, 가, 간지러워."

야시르는 칼스의 손길을 이기지 못하고 몸을 배배 꼬았다.

"시끄러, 사내자식이."

칼스는 야시르의 등을 팡 쳤다.

"따라와."

"으, 응."

칼스는 야시르를 데리고 30분 코스의 숲길을 따라 뛰기 시작했다.

"헉헉헉."

아니나 다를까 5분이 채 되지 않았는데 야시르는 마치 숨넘어가는 사람처럼 컥컥거렸다.

"이 악물고 뛰어."

칼스는 잠시 걸음을 늦춰 보조를 맞추며 말을 무뚝뚝하게 툭 던졌다.

“아, 알았어.”

말을 더듬는 건지 숨이 차서 그런 건지, 어쨌든 야시르는 고개를 끄덕이며 발걸음을 멈추지 않았다.

첫 운동이 얼마나 어려운지 잘 아는 칼스였기에 어느 정도 야시르에 맞춰 천천히 뛰었다. 그러다가 너무 힘들어 보이면 잠시 멈춰 서서 쉐도우 복싱으로 시간을 벌어주었다.

그러자 야시르도 칼스를 따라 필사적으로 팔을 흐느적거렸다.

“하지 마!”

칼스는 단숨에 야시르를 제지했다.

“일단 뛰는 거에만 전념해. 제대로 배우고 싶다면 어설프게 따라하지 마.”

실망감이 살짝 감돌던 야시르의 눈이 다시 반짝였다.

“으, 응!”

그리고 큰 목소리로 대답했다.

야시르는 끝내 한 번도 걸음을 세우지 않고 칼스를 따라 30분 코스를 완주했다. 물론 시간은 두 배에 약간 못 미치는 50여 분 정도 걸렸다.

“우웨엑!”

야시르는 처음 칼스가 그랬던 것처럼 뒷마당에 들어서자마자 구토했다.

칼스는 미리 떠놓았던, 그 사이 살얼음이 낀 물을 넘겼다.

거구답게 그 많은 물을 벌컥벌컥 들이마셨다.

그냥 놔두었다가는 물 한 바가지를 다 마실 것 같아서 중간에 빼앗았다.

"이거 들어."

칼스는 자신이 쓰는 밧줄보다 조금 더 굵고 긴 밧줄을 야시르에게 넘겼다.

"이, 이게 뭐야?"

"따라 해 봐."

칼스는 먼저 줄넘기를 선보였다.

"우, 우와!"

야시르는 줄넘기가 신기한 듯 입을 쩍 벌렸다.

"오늘 이거 백 개 채우고 집에 가."

"주, 주, 주먹은?"

"당장은 안 돼. 일단 살 좀 빼면서 체력부터 길러."

"아, 알았어."

야시르는 말 잘 듣는 아이처럼 군말 없이 밧줄을 잡았다.

쿵 쿵 쿵!

야시르는 땅을 울리는 것처럼 육중한 무게감을 드러내며 줄넘기를 시작했다.

우당탕탕탕!

줄넘기는 보는 것처럼 쉬운 운동이 아니었다.

무턱대로 줄을 돌리던 야시르는 줄에 발이 걸려 고꾸라지기를 몇 번째. 그럼에도 불구하고 열심히 백 개를 채워나갔다.

“우와-, 재미있겠는데.”

낯선 목소리가 불쑥 튀어나왔다.

“코, 코, 코델.”

야시르가 뒷마당으로 올라오는 코델을 가리켰다.

칼스는 코델을 보며 인상을 찌푸렸다.

전혀 반갑지 않은 손님인 까닭이었다.

“야, 더듬이. 줘봐.”

코델이 야시르 손에 들린 밧줄을 빼앗으려하자 품으로 꼭 끌어당기며 몸을 움츠렸다.

“다 했지?”

칼스가 묻자 야시르가 고개를 끄덕였다.

“그럼 가.”

“아, 알았어. 내, 내, 내일 봐.”

“그래.”

야시르는 밧줄을 품에 꼭 끌어안은 채 오두막 뒷마당을 떠났다.

“그리고 코델.”

칼스는 코델 앞으로 바싹 다가섰다.

“더듬이라고 놀리면 죽는다.”

굳이 친구로 삼기는 꺼림칙하지만 야시르가 놀림 받는 것 또한 듣고 싶지 않다는 이기적인 마음이었다.

하지만 상관없었다.

어차피 이 삶은 살고 싶은 대로 살기로 했으니까.

"그러면 나도 끼워줘."

코델이 능글맞게 씨익 웃음을 드러냈다.

"왜?"

당연히 칼스는 낯을 찌푸렸다.

"그냥. 왠지 너랑 놀면 재미있을 거 같아서."

"귀찮다. 가라. 그리고 오지 마라."

칼스는 코델을 무시하고 샌드백 앞으로 걸어가다 멈춰섰다. 코델이라서가 아니라 누구에게도 운동하는 모습을 보이고 싶지 않은 까닭이었다.

"싫어."

단번에 거절.

거기에 더욱 짙어진 능글맞은 웃음.

"내일 보자."

일방적인 약속.

"내일 오면 죽어."

"죽이든지 말든지."

코델은 칼스의 협박에도 아랑곳하지 않고 손을 흔들며 길을 내려갔다. 그런 코델을 보며 인상을 찌푸리던 칼스의 입가에 쓴웃음이 지어졌다.

다음 날.

야시르가 오는 것을 대비해 오전 일찍 주요 운동을 끝마치고 꿀맛 같은 점심을 먹고 있을 때였다.

"칼스야, 놀자!"

통나무집 밖에서 코델의 목소리가 들렸다.

숟가락을 놀리던 칼스의 얼굴이 굳어졌다.

반면 그 소리에 프랭크와 안나의 얼굴은 환해졌다.

"친구 왔나 보네."

항상 친구 없이 놀아 걱정이었는데 이제는 큰 걱정 하나 놓았다는 표정이 분명했다.

안나는 자리에서 벌떡 일어나 문을 열었다.

"안녕하세요."

코델이 활기차게 인사하며 들어왔다.

"아, 아, 안녕하세요."

그 뒤로 야시르가 들어왔다.

둘이 함께 들어오자마자 칼스의 낯이 찌푸려진 건 너무나 당연한 일.

"밥은 먹었니?"

"아니요."

코델은 마치 자신의 집인 것처럼 탁자로 다가와 자리를 잡

고는 앉으려다가 다시 자리에서 일어나 머뭇거리는 야시르의
등을 밀어 함께 탁자에 앉았다.

"촌장님은 잘 계시고?"

프랭크도 희희낙락 웃음을 지었다.

"네. 우와! 맛있겠다!"

안나는 고기가 듬뿍 담긴 스튜와 큼지막한 빵을 더 내왔다.

"잘 먹겠습니다."

코델은 그렇게 말하며 야시르의 옆구리를 툭 쳤다.

"자, 자, 자, 잘 머, 먹겠습니다."

야시르는 벌겋게 달아오른 얼굴로 코델의 말을 따라했다.

수줍어하는 여자아이처럼 얌전하게 스튜를 떠먹는 야시르
와 달리 코델은 마치 자신의 집인 것처럼 게걸스럽게 스튜를
먹으며 빵을 뜯었다.

"부족하면 말하고."

"네!"

철판도 저런 철판이 없을 것 같아 보였다.

눈가를 잔뜩 찌푸린 칼스의 시선을 느꼈는지 코델은 고개를
돌려 스튜가 잔뜩 묻은 입술을 씨익 벌렸다.

칼스는 고개를 절레절레 저으며 다시 숟가락을 들었다.

*　·　*　　*

　식사가 끝나고 프랭크는 사냥하러 숲으로, 안나는 빨래하러 냇가로 가고 통나무집에는 칼스와 코델, 야시르만 남았다.
　"어떻게 된 거야?"
　칼스가 프랭크의 발걸이에 발을 얹으며 의자 등받이에 몸을 기댔다.
　"그, 그, 그게……."
　야시르는 말을 내뱉지 못하고 입 안에서 오물오물거렸다.
　"그냥 나도 야시르랑 친구하기로 했다."
　코델이 야시르의 어깨에 손을 턱 얹었다.
　"왜?"
　칼스가 물었다.
　"왜긴, 너랑 야시르랑 친구라며? 그래서 나도 친구하기로 했지."
　넉살이 좋다고 해야 할지, 아니면 얼굴에 깔린 철판을 당연한 거라 여기는 건지.
　야시르는 좋다고 실실 거렸다.
　왕따를 시킨 게 코델이라면 코델일 텐데, 그래도 좋단다.
　순진한 건지 멍청한 건지.
　칼스는 고개를 절레절레 저을 수밖에 없었다.
　'친구, 친구라…….'

칼스는 전생이나 아이의 기억에서 친구에 대한 기억이 별로 없다. 굳이 좋다 나쁘다를 떠나, 자신과는 별로 어울리지 않는 단어라 여겼다.

불현듯 하나의 진실이 떠올랐다.

전생에서의 역사를 보면 독야청청 홀로 세상을 지배한 이는 없었다. 비록 역사서에 홀로 이름을 남겼을지언정 그 길을 영웅 못지않은 숱한 인재들이 밑바닥을 탄탄하게 다져주었다.

즉, 제아무리 뛰어난 영웅이라고 해도 독불장군처럼 함께할 사람이 없으면 한 시대를 풍미하기만 할 뿐, 세상을 지배할 수는 없다.

단순히 지배층으로 올라가는 것만이 목적이 아닌 마당에 가장 중요한 사실을 간과하고 있었던 것이다.

칼스는 코델을 쳐다보았다.

그리고 야시르를 쳐다보았다.

불현듯 삼국지연의에 등장하는 관우와 장비가 떠올랐다.

물론 관우의 모습을 한 장비와, 상비의 모습을 한 소심한 관우겠지만…….

'그럼 나는 유비인가?'

마음속에서 피식 웃음이 터져 나왔다.

시대를 풍미하고 싶다.

그리고 세상을 지배하고 싶다.

갑작스런 생각이 꼬리를 물고 이어지면서 좀 더 구체적인 길이 그려졌다.

"좋아, 놀아주지."

코델은 그러면 그렇지 하는 미소를 짓다 멈칫했다.

칼스의 슬그머니 올라간 입술 꼬투리를 본 까닭이었다.

"석 달 후."

마음을 나눌 친구도 좋고, 마음이 통한다면 도원결의처럼 의형제가 되어도 좋다. 하지만 확실한 서열은 필요했다.

"또 그 이야기냐?"

코델은 질렸다는 듯 혀를 내둘렀다.

"그래."

"질리지도 않냐?"

코델은 어이없어 하는 표정을 지으며 그냥 입을 쩍 벌렸다.

"어."

단순명료한 칼스의 짧은 대답에, 코델은 고개를 절레절레 저었다.

"이기는 놈이 대장이다."

그 말에 코델의 표정이 달라졌다.

그냥 싸우는 건 몰라도 '대장' 자리는 다르다.

"원하는 게 그거였냐?"

"뭔가 생각을 잘못하고 있군."

칼스는 코델의 생각을 단번에 짚었다.

"골목대장 자리는 관심 없다."

"이잉?"

그건 또 무슨 소리냐는 반응.

"그냥 대장이다."

앞뒤 없는 단순한 대답.

하지만 코델은 어렴풋이 그 뜻을 알아차리고는 낯을 찡그렸다.

"싫으면 말고."

칼스는 대화를 중단하고 자리에서 일어났다.

"야! 야! 칼스."

코델이 그런 칼스를 멈춰 세웠다.

"안 해도 석 달 후엔 싸울 셈인 거지?"

"어."

당연하다는 듯 짧은 대답.

코델의 얼굴이 와락 일그러졌다.

"그럼 선택의 여지가 없잖아!"

코델이 버럭 소리를 질렀다.

칼스는 '훗!' 하고 웃었고, 코델은 '끙!' 앓는 소리를 냈다.

"우, 우리 치, 친구다! 사, 사, 삼총사! 히히!"

눈치 없이 야시르만 좋아 덩실덩실 어깨춤을 추며 좋아했다.

"대신 네가 지면 우리 패에 들어오는 거다."

"후후."

칼스는 웃음으로 대답을 대신했다.

잠시 후.

"왜 내가 글공부를 해야 하는데!"

코델의 절규가 오두막 뒤 공터에서 울려 퍼졌다.

"잡아."

냉정한 칼스의 목소리.

"으, 응."

그리고 이어진 야시르의 대답.

야시르는 솥두껑 같은 손을 뻗어 코델의 뒷덜미를 움켜잡았다.

"놔, 놔, 놔!"

코델은 야시르의 손에 대롱대롱 매달려 발버둥을 쳤다. 하지만 야시르의 엄청난 힘에서 벗어나지 못했다.

"카, 카, 칼스가 자, 잡으라고 해, 했어."

야시르는 말을 더듬으며 칼스가 턱으로 가리킨 자리로 코델을 어거지로 구겨 앉혔다.

"놀자며?"

"내가 놀자고 했지, 언제 공부하자고 했냐?"

코델은 불만에 가득 찬 목소리로 칼스를 노려보았다.

"이게 노는 거야."

"지랄."

급기야 코델이 불만을 터트렸다.

"안 되겠다. 야시르."

"마, 말 해."

야시르가 대답했다.

"나무에 묶어."

"뭐, 뭐? 야, 야! 야!"

코델이 당황한 나머지 소리를 빽빽 질렀다.

"입도 좀 막고."

"으, 응."

야시르는 큼지막한 손으로 코델의 얼굴 전체를 덮어버렸다. 그리고는 나무 밑으로 들고 가 밧줄로 꽁꽁 묶었다.

"아르팟 다 외우면 풀어주지."

칼스는 코델이 잘 볼 수 있는 땅 위에 아르팟이 적혀있는 종이를 펼쳐놓고 귀퉁이를 돌로 눌러두었다.

"다 못 외우면?"

"뭐, 얼어 죽지 않을까?"

칼스는 입언저리를 틀어 올렸다.

"독한 놈아!"

"재갈도 물려줄까?"

"흡!"

그 말에 코델은 재빨리 입을 닫았다.

나무에 꽁꽁 묶여있는 지금 입을 닫는 것이 현명하다는 사실을 깨달은 이유에서였다.

"카, 칼스는?"

야시르가 칼스를 불렀다.

"나는 다 외웠어."

"여, 여, 역시…… 우, 우리 대장이야. 하하!"

야시르의 순박한 웃음.

"야시르! 누가 대장이야!"

코델의 반발은 당연한 일.

"마, 맞다. 서, 서, 석 달 후, 후지. 미, 미안. 하하, 하하!"

뒷머리를 긁적이며 짓고 있는 그 웃음이 나쁘지 않았다.

칼스는 야시르의 가슴을 가볍게 툭 쳤다.

"다 했으면 뛰고 와. 어제 함께 뛴 길 기억하지?"

"으, 응."

야시르가 쿵쿵거리며 뒷마당을 뛰어나갔다.

그의 뒷모습이 오두막에서 사라지고, 칼스는 고개를 돌려 얼굴 한가득 퉁퉁한 표정을 짓고 있는 코델을 쳐다보았다.

"우리랑 노니까 재미있지?"

씨익 웃었다.

"이! 이! 이거 안 풀어!"

결국 코델은 참지 못하고 다시 소리를 버럭 질렀다.

"으으으! 춥다!"

칼스는 코델의 말을 가볍게 싹 무시했다.

"젠장!"

코델은 눈을 부릅뜨며 아르팟이 펼쳐진 책을 충혈된 눈으로 죽일 듯 쳐다보았다.

칼스는 코델을 그렇게 방치해놓고 피워놓은 모닥불 앞에 앉았다.

야시르에 코델까지.

생각하지 못한 인연들이 얽혔다.

'친구라……'

칼스는 모닥불을 잔가지로 뒤적이며 약초가 담긴 물주전자를 올려놓았다. 코델을 위한 것이었다.

'모르겠어.'

솔직히 친구라는 단어를 떠올려도 그다지 가슴에 와 닿지 않았다.

'어떻게든 되겠지.'

현재로는 그게 최선인 거 같았다.

"야! 야!"

코델의 목소리가 칼스의 상념을 깨드렸다.

"다 외웠어."

마치 화가 난 듯한 표정.

아니, 화가 난 표정이리라.

칼스는 자리에서 일어나 코델 앞으로 뚜벅뚜벅 걸어갔다.

"다 외웠으니까 빨리 풀어줘."

겨울의 찬바람이 꽤나 매서웠던 모양이었다.

얼굴이며 입술이 파리했다.

"얼어 죽겠단 말이야!"

칼스는 그런 코델을 무시하고 책장에 적힌 아르팟의 한 기호를 가리켰다.

"니미, 이거 풀리면 너 죽었어! 아르! 바르! 카르!"

칼스는 띄엄띄엄 기호를 가리켰고 코델은 악에 받친 목소리로 대답했다.

"거 봐, 하면 되잖아."

칼스는 코델의 몸을 묶고 있는 밧줄을 풀었다.

그러자 코델은 사자처럼 달려들어 칼스의 멱살을 잡으며 얼굴을 바투 다가댔다.

"미친 새끼야! 그러고도 네가 친구냐?"

"내가 먼저 친구하자고 한 적 없다."

칼스의 대답에 코델은 허탈한 듯 멱살을 풀었다.

"으이구! 그래 내가 미쳤지, 내가 미쳤어."

"감기 든다. 몸 녹여라."

칼스는 팔팔 끓는 물주전자에서 약초를 우려낸 차를 질그릇에 따라 넘겨주었다.

"마셔."

꽤나 추웠던지 오들오들 떨던 코델은 뜨거운 김이 모락모락 나는 질그릇을 받아들고는 양손으로 꼭 감쌌다.

"더 줄까?"

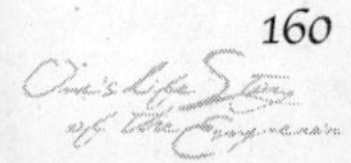

"그 입 닥쳐."

어지간히도 화가 단단히 난 모양이었다.

"니미, 석 달 뒤에 보자. 그때 내가 이기면 내가 대장이야."

"알아."

"그때 넌 뒈졌어."

코델이 뺨을 바르르 떨었다.

그래도 안 놀겠다는 말은 하지 않았다.

"큼!"

코델이 무안한 헛기침과 함께 슬그머니 그릇을 밀었다.

칼스는 피식 웃음을 삼키며 빈 그릇에 다시 찻물을 따랐다.

제7장
첫 승리, 그러나……

거목에 굵은 밧줄이 매여 있었다.

"훅-, 훅-, 훅-."

칼스는 숨결을 토해내고는 몸을 반쯤 회전시키면서 밧줄을 어깨 너머로 힘껏 잡아당기며 허리를 숙였다.

한순간 밧줄이 칼스의 어깨 위에서 팽팽하게 당겨졌다.

코델과 야시르로 인해 달라진 일과에 맞춰 당장 써먹을 수 있는 유도 기술을 익히는 중이었다.

그중 지금 칼스가 연습하고 있는 건 바로 '업어치기'였다.

코델과의 싸움에서 멱살을 잡혔을 때 아무것도 하지 못하고 우왕좌왕했던 경험 때문이었다. 곰곰이 생각해보니 앞으로 이와 비슷한 경험이 분명 자주 일어날 것으로 판단했던 것이다.

한참 동안 밧줄을 당기던 칼스는 바닥에 놓여 있는, 모래가 담긴 가마로 향했다.

"흐읍!"

커다란 가마를 세워 양 끝을 움켜잡은 칼스는 기합을 삼키며 어깨로 멨다. 동시에 허리를 튕기며 바닥으로 집어던졌다.

쿵!

모래가마니는 크게 호선을 그리며 바닥으로 떨어졌다.

쿵! 쿵! 쿵!

칼스는 모래가마니를 가지고 뒷마당을 크게 원을 그리며 돌았다. 그다지 넓지 않은 뒷마당이었지만 모래가마니를 메치며 한 바퀴를 돌고 나자 칼스는 탈진한 것처럼 바닥에 주저앉으며 거친 숨을 내쉬었다.

"헉헉헉헉!"

축축해진 옷가지 위로 열기와 땀이 만들어낸 수증기가 아지랑이처럼 피어올랐다.

혹자(或者)는 살기를 빼고 스포츠화 된 유도는 전혀 무섭지 않다고 한다. 하지만 그건 양의 탈을 쓴 유도의 진면목을 몰라서 하는 소리다.

유도는 맨손 무예라고는 하지만 엄밀히 말하면 세상에서 가장 큰 무기를 쓰는 무예였다.

세상에서 가장 큰 무기.

그건 바로 땅이다.

생각을 한번 해보라.

뒤로 몸을 날려 머리와 등부터 땅에 떨어진다고 여기면 몸이 오싹하다. 거기에 단순히 떨어지는 것이 아니라 원심력과 힘이 더해져 내동댕이쳐지는 거라면?

유도 경기장에서나 볼 수 있는 푹신한 매트가 아닌 단단한 맨바닥이라면?

거기에 돌부리 하나쯤 툭 튀어나와 있다면?

의도적으로 머리부터 떨어뜨린다면?

단숨에 죽지는 않아도 식물인간이 되는 건 어려운 일이 아닐 것이다.

그만큼 유도는 무서운 기술이라는 소리다.

잠시 모래가마니와 함께 주저앉아 조금 쉰 칼스는 다시 거목으로 걸어가 마주 섰다.

퍽!

거목에 묶인 밧줄을 짧게, 마치 멱살을 잡는 것처럼 잡고는 몸을 틀며 오른 다리로 거목 밑동을 후려쳤다. 칼스는 몸을 반대로 틀어 밧줄을 당기며 왼발로 다시 거목 밑동을 후려 찼다.

유도 기술의 발목받히기다.

하지만 유도에서처럼 단순히 거는 느낌보다 마치 로우킥처럼 찬다는 느낌이 더 강한 연습이었다.

칼스는 실전에서 발목을 노리면서 동시에 상대를 눕힐 수 있는 기술로 발목받히기를 선택한 것이었다.

당장 연습하고 싶은 유도의 기술이 더 있었지만 칼스는 업어치기와 발목받히기 외에 더 이상 욕심을 부리지 않았다. 지금 당장 연습하는 것만 해도 권투, 무에타이에서 가져온 몇몇 발차기, 거기에 유도의 기술까지 더해졌다.

많은 기술을 알고 있는 것도 좋지만 적은 기술이라도 완벽하게 익히는 것이 더 중요하다고 판단한 까닭이었다.

짧지만 강하게 유도의 기술을 연습한 칼스는 줄넘기와 쉐도우 복싱, 그리고 샌드백 치기로 오전 운동을 마쳤다.

한겨울이지만 엄청난 운동량 때문에 칼스의 몸은 땀으로 축축하게 젖어있었다.

칼스는 미리 챙겨놓은 마른 수건 한 장과 옷가지를 챙겨 근처 냇가로 뛰어갔다.

전력을 다하여 달렸기에 칼스의 몸은 운동을 막 마쳤을 때보다 더 뜨거운 열기로 차있었다. 칼스는 냇가에 도착하자마자 옷을 훌러덩 벗어버리고 살얼음이 낀 냇물에 뛰어들었다.

풍덩!

뼈가 시릴 정도로 차가운 냉기가 뜨거워진 칼스의 몸을 단숨에 식혀주었다.

칼스는 냇가에서 빠르게 씻은 후 밖으로 나와 마른 수건으로 몸을 닦았다.

다시 태어난 지 9개월.

그 사이 칼스의 몸은 완전히 달라져 있었다.

과거의 빼빼한 모습은 찾기 어려울 정도로 탄탄한 근육이 몸을 차지하고 있었다.

하지만 칼스는 만족하지 않았다.

아직도 폭발적인 힘을 보여주기에는 많이 빈약한 체격이기 때문이었다.

옷을 입으면 여전히 호리호리한 체격.

우락부락은 거절이지만 필요할 때는 폭발적인 힘을 보여줄 수 있는 몸, 가장 이상적으로 꼽고 있는 이소룡의 몸에는 아직 멀었다.

이제부터 시작이었다.

칼스는 깨끗한 옷으로 갈아입고 서둘러 오두막으로 향했다.

"요즘은 어째 좀 늦다."

통나무집으로 들어가자 코델이 손을 들며 아는 체했다.

그 모습만 보면 칼스는 지금 자신의 집으로 온 건지 아니면 코델의 집으로 왔는지 착각할 정도다.

"집에서 밥 안 주냐?"

칼스는 낯을 찌푸리며 자리에 앉았다.

"여기가 더 맛있으니까."

"호호호, 고맙다."

음식 칭찬에 안나가 기분 좋은 미소를 지으며 식탁에 음식들을 내오기 시작했다.

“왔어?”

“으, 응.”

칼스는 고개를 절레절레 저으며 야시르에게 인사를 건넸다.

“어머니.”

“왜?”

“야시르 빼고, 이 녀석한테는 밥값 받으세요.”

그냥 코델 하는 짓이 얄미워서 유치하지만 안나에게 말했다.

“얘는, 친구 사이에 매정하게 그러지 마렴. 코델이 먹으면 얼마나 먹는다고…….”

안나가 부드럽게 눈을 흘겼다.

“그건 엄마 말이 맞아. 친구 사이에는 그러는 게 아니다.”

프랭크까지.

코델이 뻔질나게 집에 드나들더니 그 사이에 프랭크와 안나까지 구워삶은 모양이었다. 하긴 뻔뻔할 정도로 붙임성도 좋고 아이답지 않게 넉살도 좋아 프랭크와 안나가 코델을 무지 좋게 본 듯했다.

“히히히.”

코델은 이를 드러내며 히죽 웃음을 보였다.

외톨이로만 지내던 자신에게 친구가 생겼다.

부모로서 그 기쁜 마음이야 오죽하겠는가. 이해가 안 되는 바는 아니지만 솔직히 서운한 마음도 들었다.

‘서운함이라…….’

칼스의 입가로 기분이 나쁘지 않은 실소가 슬쩍 지어졌다가 사라졌다.

그렇게 시끌벅적한 점심이 끝나고 칼스와 코델, 야시르는 뒷마당으로 나왔다.

"구, 구, 구보 하고 오, 올게."

야시르의 말에 코델이 어딘가에 숨겨놓은 뾰족한 나뭇가지를 얼른 챙기는 모습이었다.

"코, 코델."

야시르가 당황한 모습을 보였다.

"오늘도 열심히! 아자!"

코델은 힘차게 기합을 넣으며 야시르의 등을 푹 찔렀다.

어느 순간부터 코델은 뾰족한 나뭇가지를 들고 야시르와 함께 구보를 시작했다.

푹푹푹!

그리고는 느릿느릿 뛰는 야시르의 등을 뾰족한 나뭇가지로 콕콕 찔렀다.

"아, 아파. 헉헉헉!"

야시르는 조금이라도 덜 찔리기 위해 안간힘을 쓰며 달려 나갔고, 그 뒤로 코델이 음침한 미소를 남발하며 따라붙었다.

"다 너를 위해서야!"

코델은 야시르의 말을 한 귀로 흘리며 야시르의 발걸음이 조금이라도 늦어질 요량이면 짓궂게 야시르의 등을 찔렀다.

그런 코델의 응원 때문이었을까, 야시르의 구보 시간은 꽤나 단축되었다.

"헉헉헉!"

오늘도 땀에 전 모습인 야시르가 코델과 함께 뒷마당으로 뛰어 들어왔다.

"우리 왔어."

코델은 손을 번쩍 들어 칼스를 향해 흔들었다.

"대, 대장. 코, 코델이 오늘도 나, 나뭇가지로 등을 찌, 찌, 찔러……."

야시르는 뒷마당에 들어서자마자 칼스에게로 쪼르르 뛰어와 코델의 만행을 일렀고.

쿵!

"누가 대장이야! 아직 안 정해졌어! 이 멍충아!"

코델은 야시르의 머리를 주먹으로 쥐어박으며 반박했다.

"니, 니는 치, 친구도 아, 아니야!"

야시르는 나름대로 자신의 의견을 피력했고,

"다 너를 위해서다. 그러니 멍충이 소리를 듣는 거야! 이 멍충아!"

코델은 친구를 돕기 위한 정당한 행위라고 되받아쳤다.

"누, 누, 누, 누가 머, 멍충이야?"

화가 나면 더욱 심해지는 말더듬증.

"너!"

“그, 그, 그, 그럼 너, 너, 너는…….”

야시르도 나름 멋지게 맞받아치려 했지만 마땅한 놀림거리가 없었는지 더 이상 말을 잇지 못했다.

코델은 그런 야시르를 보며 씨익 쪼갰다.

“요, 요, 용서 못해!”

야시르는 코델의 머리를 향해 주먹을 쿵 내려찍었다.

“아프잖아!”

코델은 그 자리에서 쭈그려 앉아 욱신거리는 머리를 만지며 소리를 버럭 질렀다.

코델과 야시르가 뒷마당에 들어서자마자 시장판처럼 어수선해졌고 그 탓에 정신이 사나워졌다.

둘이 구보를 간 동안 조용히 대륙어 복습을 하던 칼스가 결국 책을 덮었다.

“시끄럽다.”

결국 칼스가 인상을 찌푸리며 말했다.

매일 벌어지는 풍경.

둘이 유치하게 티격태격하는 것은 어째 하루도 거르는 법이 없었다.

그런데 만날 이 둘이 이렇게 싸우는 것도 아니다.

요즘 둘은 매일같이 칼스네에서 점심을 먹는다.

프랭크나 안나는 이제 점심은 으레 코델과 야시르와 함께 하는 걸로 생각할 정도였다.

식탁에서 둘의 모습을 보면 가관이다.

코델이 손을 뻗으면 야시르가 빵을 집어서 주고, 야시르가 가슴을 탕탕 치면 코델은 빵을 뜯으며 물이 담긴 컵을 넘겼다. 누가 빵을 집으면 다른 누구는 버터를 건네주는 등, 한마디 말도 없이 죽이 척척 맞아떨어진다.

그러면서도 입만 열면 서로 못 잡아먹어서 안달이다.

익숙해진 풍경.

"쳇!"

코델은 투덜거리며 줄넘기 대신 쓰는 굵은 밧줄을 들어 야시르에게 넘겼고, 야시르는 밧줄을 받아들며 밴디지를 넘겼다.

조금 전까지의 모습이 마치 거짓말처럼 느껴질 정도였다.

쌍둥이처럼 동시에 양손에 밴디지를 감고, 똑같이 일어나 줄넘기까지 한다.

탁탁탁탁탁!

코델의 줄넘기는 꽤나 능숙했다.

운동에는 상당한 재주를 타고난 것이 분명했다.

탁 탁 탁…… 쿵쿵쿵!

반면 야시르는 여전히 줄넘기를 잘 하지 못했다. 대여섯 번 줄을 넘으면 꼭 밧줄에 발이 걸려 총총걸음을 내딛었다. 그나마 다행이라면 이제는 밧줄에 걸려도 바닥에 엉덩방아를 찧지 않는 다는 것이었다.

칼스는 둘의 연습을 잠시 지켜보다 다시 책을 펼쳤다.

“멍충아!”

아니나 다를까, 코델이 고함을 질렀다.

“딱– 딱– 딱– 딱! 몰라? 안 되면 속으로 박자를 세라고 내가 말했잖아!”

“머, 머, 멍충이라고 부, 부르지 말라고 해, 했잖아!”

야시르는 벌겋게 달아오른 얼굴로 코델에게 지지 않고 덤벼들었다.

전에는 어땠는지 몰라도, 표현과는 달리 꽤나 야시르를 챙기는 코델, 그리고 예전의 모습은 이제는 찾기 힘들 정도로 많이 밝아진 야시르.

나름 정이 넘치는 관계라고는 하지만 목청껏 티격태격하는 소란도 어디 하루이틀이어야 말이지.

빠직!

결국 칼스의 이마에 힘줄이 돋아났다.

탁!

칼스는 책을 신경질적으로 덮었다.

그 소리에 코델과 야시르는 흠칫.

“히익!”

“딸꾹!”

단단히 화가 난 칼스의 표정을 보자 엉켜있던 코델과 야시르가 헛바람을 들이마시고, 딸꾹질을 내뱉었다.

“구, 구보나 한 번 더 갈까?”

“그, 그, 그, 그게 조, 좋겠어.”

둘은 찰떡궁합을 선보이며 뒷마당을 재빠르게 뛰쳐나갔다.

“휴우-.”

칼스는 한숨을 푹 내쉬며 다시 책을 펼쳤다.

지끈거리는 두통에 인상을 썼지만 그의 입가에는 잔잔한 미
소가 살짝 걸려있었다. 그러나 칼스는 그 미소를 스스로는 느
끼지 못하고 있었다.

*   *   *

뜻하지 않게 다시 구보에 나섰던 코델이 얼굴을 확 찌푸리
며 멈춰섰다.

“왜, 왜?”

야시르도 걸음을 멈춰 세웠다.

“곰곰이 생각하니 열 받네.”

코델이 인상을 확 찌푸렸다.

“내가 왜 칼스를 피해 도망을 쳐야 하지? 안 그래?”

“히, 히히히.”

그러자 야시르가 그답지 않게 음침한 웃음을 터트렸다.

“머, 멍충아!”

“뭐야?”

코델은 그 말에 황당하다는 표정을 지었다.

“그, 그, 그야. 카, 칼스가 우, 우리 대장이니까 그, 그렇지.”

야시르의 웃음에 코델의 표정이 굳어졌다.

“그래 보인다 이거지? 하긴 그래 보이니까 그렇게 이야기한 거겠지.”

“코, 코, 코, 코델.”

갑자기 달라진 코델의 모습에 야시르는 당황했다.

코델은 갑자기 달라진 칼스가 그냥 궁금했었다.

어떻게 강해졌는지, 아이답지 않은 무술을 어떻게 익혔는지 흥미가 동한 것이다.

그래서 솔직히 의도적으로 접근했다.

그러다 친해졌다.

생김새와 달리 한없이 무뚝뚝하고 투박한 놈이지만, 어쨌든 같이 있으면 재미있었다. 이상한 손놀림을 쓰는 무예도 충분히 재미있었다. 물론 글공부는 빼고.

셋이 노는 것이 솔직히 골목대장 노릇보다 더 재미있었다.

문제는 친해졌다는 게 아니었다.

좋은 놈인 것만은 틀림없다. 하지만 뭔가 자신과는 다르다는 느낌이 들면서 알게 모르게 자꾸 칼스에게 꿀리게 되는 것이 문제였다.

“코, 코델. 왜, 왜, 왜 그래?”

“뭐가? 이게 원래 내 모습이야.”

코델은 야시르를 보며 히죽 웃었다.

분명 입술은 웃고 있었지만 눈동자는 그렇지 않았다.

"코, 코델……."

매섭던 눈매가 야시르에게로 향하자 다시 부드럽게 변했다.

"친구라는 건 변함없어. 물론 칼스는 빼고."

항상 칼스에게 달라붙는 야시르가 가끔 얄미웠지만 사귀어 보니 나쁘지 않은 친구였다. 그리고 은근히 죽이 잘 맞기도 했다. 하지만 칼스는 아니다.

"석 달이나 두 달이나 별 차이 없겠지?"

굳이 의도한 것은 아니지만 어찌되었든 칼스가 수련하는 복싱이라는 것을 충분히 옆에서 지켜보았다. 그리고 겨우 한 달이지만 나름 칼스의 지도하에 익혀도 보았다.

눈에도 익었고, 몸에도 익었다.

칼스가 무슨 기술을 쓰든 바로 응수할 수 있을 만큼 대비도 충분히 했다.

"오늘 누가 위인지 확실히 결판내야겠어."

코델은 굳은 표정으로 칼스네 오두막 뒷마당으로 발길을 돌렸다.

*　　*　　*

코델은 모닥불 곁에서 책을 읽고 있는 칼스 앞으로 성큼 다가섰다.

인기척을 느낀 칼스는 고개를 들었다.

"일어나."

적의가 들어찬 이빨을 드러낸 코델.

"코, 코, 코, 코델아."

야시르가 다가와 코델을 말렸다.

하지만 코델은 야시르의 손길을 뿌리쳤다.

"오늘 누가 위인지 결판내야겠어. 그러니까, 일어나."

칼스의 눈가가 찌푸려졌다.

"석 달이 되려면 아직 한 달이나 남았는데."

"까지 말고 일어나."

둘 사이의 공기가 급격히 냉각되었다.

"치, 치, 친구 사이에 왜, 왜, 왜 그래?"

"누가 친구라고 그랬어? 그리고 야시르, 너는 잠시만 빠져 있어."

코델은 야시르를 옆으로 슬쩍 밀었다.

탁!

갈스는 책을 덮으며 자리에서 일어났다.

"대, 대, 대장."

칼스마저 자리에서 일어나자 야시르가 이번에는 코델이 아닌 칼스를 말렸다.

"누가 대장이야!"

코델이 신경질적으로 소리를 질렀다.

"그리고 다시 한 번 말하겠는데, 너는 몰라도 이 녀석과는 친구 아니야."

진심이 담긴 목소리.

"코, 코, 코델……."

"괜찮으니까 물러나 있어라."

칼스가 야시르의 어깨를 두들기며 코델 앞으로 걸어 나갔다.

"어차피 내야 할 결판이야."

칼스는 코델 앞에 서며 하얀 이를 드러냈다.

저도 모르게 위축되는 자신의 모습에 코델이 뺨을 바르르 떨었다.

"씨팔!"

코델은 위축된 모습을 털어버리려는 듯 욕을 내뱉으며 칼스의 얼굴로 주먹을 날렸다.

부웅-.

하지만 그저 감정에 찬 주먹, 그렇기에 쓸데없는 힘이 너무 많이 담겼다.

칼스는 몸을 흔들어 위빙으로 코델의 주먹을 피하며 코델의 얼굴로 가벼운 잽을 날렸다.

툭!

그리고 칼스는 뒤로 빠졌다.

"내가 주먹은 상대방을 향해 최단거리로 뻗으라고 그랬을 텐데……."

“이! 이!”

코델은 어금니를 꽉 깨물 뿐 그 어떤 반박도 하지 못했다. 분하지만 칼스의 말이 맞다는 것을 스스로도 알고 있기 때문이었다.

분한 마음에 몸을 떨던 코델은 주먹을 얼굴 높이로 들어 올리며 총총 뛰기 시작했다.

복싱 자세였다.

칼스 역시 복싱 자세를 취했지만 그의 자세는 그보다는 조금 낮고, 보폭 역시 조금 더 넓었다.

고작 두 달 배운 복싱이건만 코델은 능숙하게 몸을 흔들며 칼스와의 거리를 좁혀왔다.

반면 칼스는 몸과 발만 살짝살짝 틀어 코델과 정면을 유지했다.

휙-.

선공은 코델이었다.

좀처럼 칼스에게서 틈을 찾지 못한 코델은 잽으로 허점을 만들고자 했다.

‘주먹은 피하는 게 아니라 맞지 않게 하는 거다.’

칼스는 몸을 이리저리 흔들어 코델의 주먹을 피하며 오히려 앞으로 전진했다.

부웅-.

코델의 어퍼컷이 칼스의 얼굴을 향해 치솟았다.

'헙!'

칼스는 헛바람을 급히 들이마시며 몸을 젖혔다. 코델의 주먹이 아슬아슬하게 칼스의 머리를 스쳐지나갔다.

그 순간 코델은 몸을 낮게 웅크리며 칼스의 품으로 뛰어들었다.

기가 막힌 연속 동작이었다.

고작 두 달 만에 복싱을 배운 것으로도 모자라 복싱을 자신의 싸움에 녹여낸 것이었다. 보지 않아도 분명 아무도 모르게 매일같이 훈련한 것이 분명했다.

타고난 감각도 뛰어난데 거기에 노력까지.

하지만 칼스 역시 코델의 싸움 패턴에 맞춰 철저하게 연습해왔다. 비록 허점을 노출했다고는 하지만 호락호락 당할 만큼 허술한 실력이 아니었다.

칼스는 태클을 걸어오는 코델을 향해 니킥을 차올렸다.

퍽!

묵직한 타격음.

하지만 칼스의 얼굴이 굳어졌다.

묵직한 충격이 분명하지만 원하던 느낌은 아니었다.

아니나 다를까, 코델은 양팔을 교차시켜 칼스의 무릎을 막은 것이었다.

"이야아!"

코델은 기합을 터트리며 더욱 깊게 칼스의 품으로 파고들었다.

그 순간 칼스의 눈빛이 번뜩였다.

칼스는 손을 뻗어 일차적으로 코델의 저돌적인 태클을 막기 위해 그의 어깨와 팔을 움켜잡았다. 그리고는 앞으로 밀며 코델의 복사뼈를 후려쳤다.

빠각!

뼈와 뼈가 부딪히는 소리와 함께 코델의 신형이 기우뚱 균형을 잃고 무너졌다.

콰당!

칼스는 옆으로 넘어지는 코델의 얼굴을 손바닥으로 찍어 누르며 뒤로 물러났다.

코델은 욱신거리는 발목을 주무르며 자리에서 일어났다.

"이 새끼."

오히려 코델은 이를 드러내며 서늘한 웃음을 지어보였다. 그러더니 어금니를 꽉 깨물며 칼스를 향해 다시 뛰어들었다. 하지만 발목의 고통이 그의 걸음에 힘을 싣지 못하게 했다.

파박!

칼스의 잽이 코델의 얼굴에 꽂혔다.

그럼에도 불구하고 코델은 저돌적으로 칼스에게 달려들며 맞주먹을 날렸다.

퍽퍽!

피한다고 몸을 틀었지만 워낙 근접한 거리에서의 주먹이라 완전히 피해내지는 못한 탓에 제법 무게가 실린 코델의 주먹을 허락하고 말았다.

 발목을 다쳐 운신이 불편한 코델은 칼스가 잠깐 주춤거린 틈을 타 어깨를 붙잡으며 달라붙었다.

 그러더니 머리를 뒤로 크게 젖혔다.

 박치기가 분명했다.

 이렇게 달라붙어 있어서는 코델의 박치기를 피할 수 없었다.

 '피할 수 없다면.'

 칼스는 어금니를 꽉 깨물고는 그대로 머리를 앞으로 내밀었다.

 빡!

 칼스의 머리와 코델의 머리가 중간에서 부딪혔다.

 "윽!"

 "큭!"

 그리고 동시에 둘의 입에서 고통에 찬 신음이 터졌다.

 상당한 충격에 머리가 어질어질했다.

 그래도 피하지 않고 머리를 내밀었으니 이 정도지, 오히려 피하겠다고 머리를 뒤로 젖혔더라면 아마 한 방에 나가 떨어졌을 것이 분명했다.

 칼스는 충격 때문에 후들거리는 다리에 애써 힘을 주고 코델을 앞으로 밀었다.

 코델도 지지 않겠다는 듯 맞서 밀었다.

 아마도 조금 전 '발목받히기' 기술에 당한 기억 때문이 분명했다.

비록 발목을 다쳤다고는 하지만 코델이 앞으로 밀고 들어오는 힘은 대단했다.

직- 지익-.

그 힘에 대항한다고는 하지만 칼스의 발은 바닥에 긴 선을 남기며 조금씩 뒤로 밀려났다.

그 순간 칼스의 눈빛이 번뜩였다.

발목받히기 기술은 지금 이 순간을 위한 사전 포석이었다.

칼스는 코델의 힘을 거스르지 않고 뒤로 크게 걸음을 물렸다. 그러는가 싶더니 균형을 잃은 코델의 몸을 휘감으며 팽이처럼 팽그르르 회전했다.

"어?"

동시에 터져 나온 코델의 의아한 비명.

쾅!

코델의 몸이 칼스의 회전에 휘말려 허공에서 반원을 그리며 땅바닥에 떨어졌다.

"컥!"

육중한 소리와 동시에 터진 신음.

고통에 몸이 잠시 바르르 떨리는가 싶더니 이내 축 처졌다.

충격을 이기지 못하고 잠시 정신을 잃은 것이다.

* * *

"으으으!"

십여 분 후, 코델이 마치 악몽에서 깨어나는 것처럼 신음을 흘리며 눈을 떴다.

"괘, 괜찮아?"

그 옆을 지키던 야시르가 코델을 반쯤 안아 일으켰다.

팡팡팡!

코델은 샌드백이 울리는 소리에 이끌려 고개를 돌렸다. 상체를 드러낸 채 샌드백을 연신 두들기고 있는 칼스의 뒷모습이 보였다.

"젠장."

코델은 입술을 깨물었다.

"코, 코델아."

야시르가 걱정이 한가득한 목소리로 코델을 불렀다.

"괜찮아."

코델은 야시르의 품에서 벗어나 자리에서 일어났다.

휘청-.

하지만 충격이 완전히 가시지 않은 탓인지 무릎이 힘없이 꺾였다. 다행히 야시르가 빠르게 부축해준 덕분에 꼴사납게 넘어지는 불상사는 면했다.

"괜찮아."

코델은 다시 한 번 더 그리 말하며 야시르의 품에서 벗어났다.

잠시 칼스의 뒷모습을 뚫어져라 쳐다보며 입술을 자근자근 씹던 코델은 쩔뚝거리며 뒷마당을 벗어났다.

"코, 코, 코델이⋯⋯."

야시르는 코델이 아무런 말없이 오두막 뒷마당을 떠나자 어쩔 줄 몰라 하며 발을 동동 굴렸다.

"야시르."

"으, 응?"

"따라 가 봐."

"아, 아, 알았어."

야시르는 허둥지둥 코델을 뒤쫓아 뒷마당을 나갔다.

"휴우-."

칼스는 코델이 깨어난 것을 알았다.

하지만 다가가지 않았다.

아니, 코델이 기절하고 나서 곧장 샌드백으로 다가가 미친 듯이 주먹을 날렸다.

찜찜했다는 것이 이유였다.

앞선 두 번의 싸움과는 달리 기분이 더러웠다.

'왜지? 나는 계획대로 움직였을 뿐인데⋯⋯. 젠장!'

퍼억!

칼스는 애꿎은 샌드백을 향해 주먹을 다시 날렸다.

제8장
야시르의 괴력

"오늘은 안 오는 거니?"

안나가 점심을 차리면서 물었다.

"……글쎄요."

이 시간이면 벌써 와있어도 와있을 코델과 야시르였다.

그런데 오늘은 그들이 올 시간이 훌쩍 넘었는데도 모습을 보이지 않았다.

"오늘은 일이 있어 안 오는 모양이구나. 먼저 먹자."

프랭크가 식탁에 점심이 다 차려지자 숟가락을 들었다.

그를 따라 안나와 칼스도 숟가락을 들었다.

달그락 달그락.

조용한 분위기 속에 식기 부딪히는 소리만이 들릴 뿐이었다.

배가 몹시 고팠음에도 불구하고, 칼스는 몇 수저 뜨지 않고 숟가락을 내려놓았다.

오늘따라 이상하리만큼 입맛이 없었다.

짜증도 일었다.

이내 평소 코델이 앉던 빈 의자로 자꾸 눈이 가는 자신의 모습을 깨달았다.

식욕도, 짜증도 모두가 코델 때문이었다.

끼이익―.

그때 문이 열렸다.

칼스는 문을 향해 고개를 재빨리 돌렸다.

"왔냐?"

언제 그랬냐는 듯 목소리에 생기가 담겼다.

"어, 어. 아, 아, 안녕하세요."

야시르가 칼스의 말에 대답하며 프랭크와 안나에게 인사했다.

"점심 아직이지?"

안나가 환하게 웃으며 자리에서 일어났다.

칼스는 고개를 옆으로 젖혀 야시르의 뒤를 살폈다. 야시르의 뒤에는 아무도 없었다. 그리고 칼스의 눈가가 찌푸려졌다.

"코델은?"

"오, 오, 오늘 아, 안 온다고……."

야시르의 목소리가 모기처럼 작아졌다.

“왜?”

저도 모르게 목소리에 다시 짜증이 담겼다.

“그, 그, 그, 그게……”

야시르는 손가락을 꼼지락거리며 말을 더듬었다.

“오든지 말든지……”

칼스는 야시르의 말을 잘라버리면서 인정머리 없는 말을 툭 던졌다.

‘사내새끼가 쪼잔하게시리.’

최대한 무덤덤한 표정을 유지하려는 칼스였지만 그는 오른발을 마구 떨고 있었다.

프랭크의 눈이 실눈으로 바뀌었다.

코델이 오지 않은 것, 야시르가 늦은 것, 그리고 짜증 가득한 칼스의 모습, 그리고 칼스와 야시르의 대화.

프랭크는 피식 웃음을 내뱉었다.

‘이놈들, 싸웠나?’

눈치를 살펴보니 칼스와 코델이 싸운 것이 틀림없었다. 그 사이에 소심한 야시르가 껴서 이러지도 못하고 저러지도 못하는 것일 테고.

칼스를 향한 프랭크의 시선이 무척이나 부드러워졌다.

‘내가 한번 나서볼까?’

혼자 있기 좋아하던 칼스가 어떻게 사귄 친구인데, 이대로 멀어지게 할 수는 없다는 것이 아비의 마음이었다. 특히 칼스

가 친구들과 매일같이 어울리는 모습을 좋아하던 안나의 얼굴
에서 미소가 지워지게 하고 싶지 않기도 했다.

'녀석.'

항상 애늙은이처럼 구는 칼스였지만 지금 모습을 보니 딱
제 또래의 아이의 모습이었다.

"칼스야."

"예?"

"점심 먹었으면 아버지가 무얼 하나 내줄테니 촌장님께 전
해주고 와라."

"알았어요. 갔다 올게요."

프랭크의 말에 칼스는 야시르가 식사를 마치자마자 자리에
서 일어났다. 그러자 프랭크가 도축장에서 두꺼운 나뭇잎으로
싼 자그만 짐을 칼스에게 건넸다.

"여기 있다. 가면 촌장님께 안부도 전하고."

"네."

칼스는 야시르와 함께 버틀러 숲마을로 내려갔다.

"그런데 여보."

"응?"

안나가 칼스를 마을로 내려 보내며 프랭크를 불렀다.

"촌장님 댁에 뭐 보낼 게 있었던가요?"

뜬금없는 일이라 안나도 궁금했던 모양이었다.

"없어. 그냥 오늘 아침에 잡은 신선한 고기 한 덩이 보낸 것

뿐이야.”
“……?”
안나가 프랭크의 말을 도통 이해하지 못하겠다는 표정으로 고개를 갸웃거렸다.
“다 그런 게 있어.”
프랭크는 그냥 씨익 웃으며 안나의 어깨를 포근히 감싸 안았다.
“으아아악!”
사랑으로 넘치던 프랭크의 눈이 부릅떠졌다.
눈동자에 핏발이 서더니 이내 고통에 찬 비명을 내질렀다. 그런 프랭크의 옆구리를 날이 시퍼렇게 선 안나의 손톱이 꼬집고 있었던 것이다.
“뭘 숨기고 있는 거죠?”
“마, 말할게. 말한다고!”
프랭크의 비명이 오두막을 떠나라 울려 퍼졌다.

*　　　*　　　*

칼스는 야시르와 함께 버틀러 숲마을로 향했다.
촌장집으로 향하는 길 내내 둘 사이에는 대화가 없었다.
뽀드득 뽀드득.
길에 쌓인 눈이 밟히는 소리만이 어색한 둘 사이의 침묵을 가볍게 할 뿐이었다.

"저, 저, 저기 카, 칼스……."

뭔가 할 말이 있는 눈치.

"왜?"

칼스의 목소리에는 짜증을 넘어 신경질이 한가득했다.

"아, 아, 아, 아니야."

야시르는 마치 거북이처럼 목을 한껏 움츠리며 칼스의 눈치를 살폈다.

칼스는 야시르의 주눅 든 목소리에 마침 잘 되었다는 듯 걸음을 멈췄다.

"야시르."

"어, 어?"

"이 새끼는 오늘 왜 안 왔대?"

결국 짜증이 폭발한 것이었다. 그래서인지 평소 쓰지 않는 거친 말이 튀어나왔다.

"그, 그, 그게……."

여전히 대답하지 못하고 우물쭈물한다.

"오늘 같이 오자고 하긴 했나?"

"다, 다, 당연하지."

야시르는 세차게 고개를 끄덕였다.

"쪼잔한 새끼. 거, 조금 처맞았다고 계집처럼 삐치기는."

그냥 무시하면 끝인데, 이상하게도 짜증이 났다.

"누가 쪼잔하다는 거야?"

코델의 목소리였다.

"코, 코, 코델……."

야시르의 반응에 칼스가 고개를 돌렸다.

마을 어귀에 코델을 비롯해 근 삼십여 명에 달하는 아이들이 떼를 지어 모여 있었다.

"누구긴 누구야? 너지."

칼스의 목소리에 코델의 얼굴이 보기 좋게 일그러졌다.

"이 새끼가 정말……."

코델답게 거칠게 대응하는가 싶더니 뒤에 애들의 눈치를 살피며 칼스 앞으로 뚜벅뚜벅 걸어왔다.

"야, 너 정말 이럴 거야? 앙?"

코델이 목소리를 한껏 낮췄다.

"거, 조금 처맞아……, 읍!"

칼스가 어제 일을 입 밖으로 내뱉자 코델이 기겁하며 재빨리 그의 입을 막는 동시에 고개를 돌려 아이들이 눈치를 살폈다.

"누가 뭐라고 했어? 인정한다고. 인정하는데 꼭 여기까지 와서 떠벌려야겠냐?"

사근사근, 하지만 힘이 바싹 들어간 목소리.

아울러 표정 역시 그다지 좋다고 말할 수는 없지만 패배를 인정하는 모습이었다.

"근데?"

“‘근데’라니?”

코델은 전혀 이해하지 못하겠다는 표정을 지었다.

칼스의 눈가가 슬쩍 찌푸려졌다.

코델의 표정이나 반응을 보니 어제 싸운 일로 오늘 안 온 거 같지는 않아 보였다.

“이잉?”

그 표정에 오히려 뭔 소리냐는 반응.

“……?”

칼스도 뭔가 상황이 꼬인 듯한 느낌을 받았다.

당연히 둘은 동시에 고개를 돌려 야시르를 쳐다보았다.

“그, 그, 그, 그게…….”

긴장한 탓인지 야시르의 목소리는 평소보다 더 더듬거렸다.

“야시르, 말을 뭐라고 전한 거야?”

“어떻게 된 거야?”

“내, 내, 내가 서, 설명을 하려고 해, 했는데…… 대, 대, 대장이 내, 내 말을 끄, 끝까지 드, 드, 듣지 않았어.”

답답한 야시르의 말이 끝나자마자 칼스의 얼굴이 와락 일그러졌다.

결국 사정은 이러했다.

며칠 전부터 이웃 마을인 버틀러 밀마을의 아이들이 버틀러 숲마을과 밀마을 사이에 냇가를 끼고 위치한 공터를 두고 시비를 걸어오기 시작했단다.

전통이라고 할 것까지는 아니지만 예부터 이 공터를 사이에 두고 두 마을 간 아이들의 싸움은 치열했다.

공터가 넓어 아이들이 뛰어놀기에도 좋았을 뿐더러 냇물에 물고기도 많고, 공터 주위에는 달콤한 과실들이 제법 맺혀 배고픔도 달랠 수 있기 때문이었다.

현재 이 공터는 코델이 이끄는 버틀러 숲마을 아이들의 아지트였다. 코델이 골목대장이 되면서 가장 먼저 한 것이 밀마을 아이들에게서 이 공터를 빼앗은 거라고 했다.

문제는 얼마 전에 버틀러 밀마을의 골목대장이 바뀌었는데, 그 녀석이 그 공터를 다시 밀마을의 것으로 되찾겠다고 실력 행사에 나선 것이었다.

코델의 입장에 앉아서 당할 수는 없는 법.

"그래서 오늘 못 간 거란 말이다!"

답답한 나머지 코델이 자초지종을 늘어놓았다.

"훗!"

삽사기 웃음이 흘러나왔다.

"뭐, 뭐야? 그 웃음은?"

그 웃음에 코델이 한 걸음 물러나며 눈초리를 가늘게 만들었다.

"설마 진짜로 내가 어제 그 일 때문에 안 갔다고 생각한 거야?"

"코델."

조금은 뜬금없는 부름.

"왜?"

"우리는 뭔 사이냐?"

코델은 칼스의 어투가 언제나 그렇듯이 진지하긴 했지만, 지금은 왠지 분위기가 다르다고 느껴졌다. 뭐라고 해야 하나, 자신도 진지하게 대답해야 할 듯한 분위기라고나 할까?

"친구."

코델도 나름 진지하게 대답했다.

'그랬던가?'

친구라는 것이 이런 것인가 싶었다.

막혔던 가슴이 그 대답 하나에 뻥 뚫렸다.

"그리고 대장."

농담 반, 진담 반.

입술을 씩 쪼개며 대답했다.

진지하던 코델의 뺨이 씰룩씰룩 거렸다.

"수고해라."

칼스가 코델의 어깨를 가볍게 툭 치며 한결 가벼워진 마음으로 막 걸음을 내딛으려는데, 코델이 그의 팔을 움켜잡았다.

"이왕 온 김에 힘 좀 보태주라."

애들 싸움에 끼고 싶은 생각은 없었다.

"싫어."

그래서 단박에 거절했다.

"야! 친구 좋다는 게 뭐냐? 이럴 때 좀 도와주고 그러면 안 되냐?"

"그, 그, 그래. 우, 우, 우리는 치, 친구잖아."

야시르까지 거들었다.

"삼총사가 가는데 대…… 큼! 대장도 가야지."

코델은 '대장'이라는 단어가 어색한 듯 헛기침을 내뱉었다.

"호오-, 듣기 좋은데."

칼스가 짓궂은 표정을 지었다.

평소 같으면 어림도 없는 장난이었지만, 이유야 어떻게 되었든 자신을 심란하게 만든 일종의 벌이었다.

당연히 코델의 얼굴은 다시 구겨졌다.

"가, 가, 가자. 으, 으, 응?"

야시르의 표정을 보건대 몹시도 가고 싶은 모양이었다. 그런 마음으로 오늘 집으로 용케 찾아왔다 싶을 정도였다.

"가볼까?"

아이들의 싸움에는 흥미가 없었지만, 문득 코델과 야시르의 진면목을 보고 싶다는 생각이 들었다.

"가, 간다. 가, 가, 간다, 우리랑 가, 같이. 하하하."

야시르는 발을 동동 구르며 좋아했다.

"그 전에, 이거."

"뭔데?"

"아버지께서 촌장님한테 전해주라는 거."

코델은 우르르 몰려있는 아이들을 향해 고개를 돌렸다.

"라빈."

라빈이 움찔하며 주춤했다.

망설이는 모습이 역력했지만 코델이 인상을 한 번 확 쓰자 마치 도살장에 끌려가는 소처럼 엉금엉금 다가왔다.

라빈은 한껏 움츠러든 모습이 되어 칼스의 눈도 제대로 마주치지 못했다.

"헉!"

칼스가 손에 든 고기를 라빈 앞으로 내밀자, 라빈은 화들짝 놀라며 양손으로 얼굴을 가렸다.

"이거, 촌장님께 전해주고 와."

안 되겠다 싶었는지 코델이 칼스의 손에서 넘겨받아 라빈 앞으로 재차 내밀었다.

"으, 응."

잔뜩 겁먹은 표정으로, 라빈은 코델의 손에 들린 고기를 받아들었다.

"프랭크 아저씨가 주신 거라는 말도 잊지 말고 전해드리고."

"아, 알았어."

라빈은 도망치듯 허겁지겁 코델의 집으로 뛰어갔다.

"자, 그럼 갈까?"

"먼저 가. 뒤따라 갈 테니까."

칼스가 아이들이랑 어울리고 싶어 하지 않는다는 것을 눈치 챈 코델이 아이들이 모여 있는 곳으로 걸어가 '가자!'라고 소리쳤다.

"우어어어!"

"우와아아!"

아이들은 나름 전장에 나가는 병사들처럼 함성으로 기세를 돋웠다. 코델은 칼스를 향해 씩 웃음을 보이며 보무도 당당하게 걸음을 내딛었다.

"머, 머, 멋있다."

야시르가 그 모습에 눈동자를 반짝 거렸다.

"그렇게 멋있냐?"

칼스가 야시르의 가슴을 툭 쳤다.

"아, 아, 아니야. 대, 대장이 더 머, 멋있어."

"싱거운 소리는……. 우리도 가자."

아이들이 우르르 몰려 지나가고, 칼스와 야시르도 그들의 뒤를 따랐다.

＊　　　＊　　　＊

칼스와 야시르 때문에 약간 시간이 지체되어서인지 공터에는 이미 삼십여 명의 밀마을 농노 아이들이 우르르 몰려와 진을 치고 있었다.

“우리는 여기서 구경하자.”

칼스는 공터로 들어가지 않고 야시르와 함께 근처 바위에 앉았다.

아이들이 말한 아지트, 공터로 와보기는 칼스도 처음이었다.

편자 모양(U)으로 냇물이 공터를 감싸며 흘렀고, 그 주위로 나무들이 빼곡하게 들어서 있었다.

지금은 겨울이라 냇물 가에 살얼음이 껴있었고, 겨울이라 비록 앙상하기는 하지만 나무들이 냇가 주위를 빼곡하게 에워싸고 있었다.

저 나무들 중에 상당한 과실수가 있다고 하니 봄, 여름, 가을이면 제법 배를 채우며 뛰어놀 만한 곳임에는 분명했다.

특히나 항상 굶주려 있는 농노 아이들에게는 더더욱 그럴 것이다.

그래서인지 밀마을 아이들의 얼굴에는 비장함마저 엿보일 정도였다.

“가고 싶어?”

“아, 아, 아니. 나, 나는 대, 대장 옆에 있는 게 조, 좋아.”

야시르는 순박한 웃음을 보이며 칼스 옆에 바투 다가앉았다.

“끼고 싶으면 가도 돼.”

야시르가 그토록 오고 싶어 하던 싸움터였다.

“지, 진짜 괘, 괜찮아.”

“오고 싶어 했잖아.”

"그, 그냥 세, 셋이 하, 함께하, 하, 하고 싶었을 뿐이야. 하하."

야시르는 식은땀을 삐질삐질 흘렸다.

속이 훤히 보이는 거짓말.

"나 신경 쓰지 말고, 언제든지 끼고 싶으면 껴."

"으, 응."

그렇게 대답을 하면서도 야시르는 칼스의 옆에서 떠나지 않았다.

밀마을의 골목대장인 요세프가 코델 앞으로 한 걸음 성큼 다가섰다. 코델보다 머리 하나는 더 커 보이는 키에 몸은 호리호리한 것이, 마치 큰 사마귀 한 마리가 나서는 것처럼 보였다.

"이제부터는 여기는 우리 땅이다!"

가냘픈 목소리로 나름 우렁차게 소리친다고 쳤는데, 아이의 외모에는 잘 어울리는 목소리일지 몰라도 외치는 내용과는 영 어울리지 않았다.

"와아아아!"

밀마을 아이늘이 요세프의 밀에 함성으로 힘을 실어주었다.

코델은 그 소리에 어이없어 하는 표정을 지으며 짝다리를 짚었다.

"계집애가 왔나? 왜 이리 앵앵거려?"

코델은 과장되게 인상을 찌푸리며 새끼손가락으로 귀를 후볐다.

"와하하하하!"

"키키키키!"

이어진 숲마을 아이들의 비웃음.

정곡을 찔렀는지 요세프의 얼굴은 한순간 벌겋게 달아올랐고, 이내 얼굴이 일그러졌다. 가느다란 눈매에 매부리코가 상당히 얄실한 인상이었다.

"그 말, 후회할 거야."

얼마나 화가 난 것인지 목소리도 부들부들 떨렸다.

"뭔 말이 그렇게 많아? 계집애처럼 쫑알대지 말고 덤벼, 이 새꺄."

코델이 얼굴을 들이밀며 으르렁거렸다.

"뭐 저런 개 잡종 같은 놈이!"

농노 아이들답게 욕설도 걸쭉했다.

아마도 부모와 어른들의 영향일 것이다.

상황이야 어찌되었든, 의도가 눈에 훤히 보이는 코델의 도발에도 요세프는 어이가 없을 정도로 쉽게 넘어가버렸다.

"애들아!"

요세프는 빽빽거리는 목소리로 소리쳤다.

그 소리에 밀마을 아이들이 옆으로 공간을 벌리며 허리 뒤춤에서 나무 몽둥이를 꺼내들었다.

"전부 족쳐!"

요세프가 음산한 표정을 지으며 소리쳤다.

"와아아아!"

그러자 밀마을 아이들이 나무 몽둥이를 휘두르며 숲마을 아
이들을 덮쳤다.

"이 양아치 새끼들!"

코델의 눈에 분노가 일어났다.

싸움은 오로지 주먹만.

전부터 내려오는 암묵적 약속이었다.

"피똥 싸게 만들어주마!"

요세프는 나무 몽둥이를 붕붕 휘저으며 음흉한 미소를 지었다.

퍽!

격한 소리와 함께,

"아악!"

숲마을 아이들의 입에서 비명이 터져 나왔다.

"죽여 버리겠어!"

결국 분노를 참지 못한 코델이 요세프에게로 뛰어들었다.

부우웅!

그러자 요세프는 코델을 향해 있는 힘껏 나무 몽둥이를 휘
둘렀다. 코델은 입술을 질끈 깨물며 어깨로 몽둥이를 막으며
요세프의 품으로 뛰어들었다.

퍽!

욱씬거리는 통증이 머릿속까지 파고들어 뇌를 뒤흔들었다.

잇몸에서 피가 날 정도로 이를 더욱 세게 물며 요세프의 품
을 파고들었다. 그리고 그의 배를 향해 주먹을 날리려는 그때

였다.

"키키!"

요세프가 기분 나쁜 웃음을 지었다.

'……!'

퍽!

등에서 엄청난 고통이 닥쳐왔다.

"큭!"

생각지도 못한 고통에 코델의 무릎이 꺾여 바닥에 닿았다.

"이거, 생각보다 너무 쉬운데……."

요세프는 음침하게 혀를 날름거리면서 코델을 향해 나무 몽둥이를 들어올렸다.

"괜찮아. 사람은 원래 쉽게 안 죽어. 다만 병신이 될 뿐이지."

요세프가 코델의 머리를 향해 망설임 없이 나무 몽둥이를 휘두려는 그때.

툭!

코델이 자리에서 번쩍 일어나며 레프트 잽을 날렸다.

가벼운 잽으로 요세프의 신경을 흩뜨린 코델은 있는 힘껏 라이트 스트레이트를 날렸다.

부우우— 찌익!

아쉽게도 회심의 일격은 요세프의 얼굴을 맞히지 못하고 뺨을 스치고 말았다.

펙!

"크헉!"

그 이유는 바로 그 순간에 모습을 숨기고 있던 한 아이가 코델의 머리를 향해 나무 몽둥이를 날렸기 때문이었다.

"형, 위험하잖아. 키키키."

요세프와 똑같이 생긴 아이가 나무 몽둥이를 어깨에 걸치며 쓰러진 코델의 얼굴을 밟았다.

요세프의 한 살 터울의 동생 죠세프였다.

"감히 내 얼굴에……."

요세프는 벌겋게 부어오르는 뺨을 매만지더니 쓰러진 코델을 향해 나무 몽둥이를 마구 휘둘렀다.

코델은 본능적으로 최대한 몸을 웅크리며 두 형제의 몽둥이를 몸으로 맞았다.

그런 코델의 눈에 한 사람의 거대한 그림자가 가득 찼다.

*　　*　　*

"으응?"

갑자기 분위기가 바뀌며 나타난 나무 몽둥이들.

아이들 싸움에 어울리지 않는 물건이었다.

'위험하잖아!'

칼스는 깜짝 놀라며 자리에서 벌떡 일어났다.

그리고 어떻게 손을 쓸 틈도 없이 코델이 나무 몽둥이를 맞고 피를 흘리며 쓰러졌다. 아무리 패싸움이라고는 하지만 이건 아이들이 할 행동이 아니었다.

미치지 않고서야 이런 짓을 할 수 없었다.

칼스가 자리에서 일어나 튀어나가려는 그때였다.

"주, 주, 주, 죽여 버리겠어!"

야시르였다.

평소 순박한 얼굴은 없었다.

마치 야차 같은 험악한 표정을 지으며 바위에서 몸을 날렸다.

사냥감을 덮치는 사나운 곰처럼 야시르는 날렵하게 공터로 뛰어들었다.

"으아아아!"

야시르가 미성이 살짝 섞인 함성을 지르며 무자비하게 주먹을 날렸다.

퍽퍽퍽퍽!

한 주먹에 한 명!

추풍낙엽이 따로 없었다.

한순간 십여 명의 밀마을 아이들을 때려눕힌 야시르는 코델을 자근자근 밟고 있는 요세프, 죠세프 형제 앞으로 다가섰다.

무지막지한 힘과 저돌성에 두 형제는 움찔하는 모습이었다.

"이, 이, 이, 이 새끼들."

화가 나서인지 야시르는 더욱 심하게 말을 더듬었다.

그 모습에 긴장하던 요세프와 죠세프 형제는 비릿한 웃음을 지으며 눈치를 주고받았다.

"뭐야 이거?"

요세프가 죠세프에게 눈치를 주며 몽둥이를 세워 코델의 뺨을 짓눌렀다.

"그, 그, 그, 그거 치, 치워!"

요세프가 야시르의 시선을 코델에게 묶어둔 사이, 죠세프가 몰래 뒤로 돌아가서 나무 몽둥이를 들어올렸다.

"못하겠다면?"

"주, 주, 주, 죽여 버리겠어!"

"키키키, 죽는 건 내가 아니라 넌데."

요세프의 말이 끝나기가 무섭게 죠세프가 야시르의 뒤통수를 향해 나무 몽둥이를 내리쳤다.

퍽- 우지끈!

야시르의 머리를 가격한 나무 몽둥이가 산산이 부서지며 그 조각이 야시르의 피와 함께 비산했디.

주르르.

야시르의 얼굴에 금세 피가 흘러내렸다.

바르르 떨던 야시르의 얼굴이 더욱 험악해졌다.

야시르의 얼굴에 피로 얼룩진 야차의 표정이 되살아났다.

천천히 몸을 돌린 야시르가 죠세프를 노려보았다.

"히익! 마, 마, 마족······."

야시르의 얼굴을 본 죠세프의 얼굴이 하얗게 탈색되었다.

퍼억!

야시르의 커다란 주먹이 죠세프의 얼굴에 그대로 꽂혔다.

죠세프는 비명도 없이 뒤로 나가떨어졌다. 쓰러진 죠세프의 얼굴 주위로 피 몇 방울과 부러진 이가 후드득 떨어졌다.

그 장면에 요세프가 마른 침을 꿀떡 삼키며 뒷걸음쳤다.

"요, 요, 요, 용서 못해!"

둘 사이의 거리는 얼추 1미터가 넘었다.

야시르는 그 거리를 한 걸음에 따라잡으며 주먹을 휘둘렀다.

"허억!"

요세프는 얼른 나무 몽둥이를 들어 얼굴을 가렸다.

후지끈!

하지만 아무 소용없었다.

퍼억!

야시르의 주먹이 나무 몽둥이를 부수는 것으로도 모자라 요세프의 얼굴마저 박살 내버린 것이다.

"으악!"

요세프는 죠세프처럼 부러진 이와 함께 피를 뿌리며 그대로 정신을 잃고 바닥에 나뒹굴었다.

"씨익, 씨익, 씨익!"

야시르는 마치 사냥을 막 끝낸 맹수처럼 숨을 토해냈다.

"야! 야시르!"

코델의 목소리.

야차의 표정은 온데간데없이 사라지고, 순박한 표정으로 돌아온 야시르는 빠르게 고개를 돌렸다.

엉망진창이 된 코델이 칼스의 부축을 받으며 몸을 일으키고 있었다.

"네가 끝내버리면 내가 체면이 안 살잖아."

곧 죽어도 골목대장으로 남고 싶은 모양이었다.

"미, 미, 미, 미안."

누가 소심한 야시르가 아니랄까봐 손가락을 꼼지락거리며 사과했다. 문제는 꼼지락거리는 손에 피가 한가득이라는 것이다.

칼스는 피식 웃음을 삼켰고,

"……미치겠군."

코델은 기가 막힌다는 표정을 지으며 칼스의 품에서 빠져나와 홀로 몸을 바로 세웠다.

"끙!"

코델이 삼시 잃는 소리를 내는가 싶더니 험악한 표정을 지으며 밀마을 아이들을 노려보았다.

"깨어나면 전해. 내가 빚 받으러 가겠다고."

코델의 낮지만 매서운 목소리에 밀마을 아이들은 겁에 질린 표정으로 고개를 끄덕였다.

"다들 안 꺼져? 앙?"

화가 가득한 목소리에 밀마을 아이들은 허겁지겁 공터를 빠져나갔다.

물론 다들 제 한 몸 빠져나가기 바빠 신경 쓰지 않는 바람에 기절한 요세프와 죠세프 형제는 바닥에 쓰러진 그대로였다.

"어이가 없네."

코델은 기가 막힌다는 표정을 지었다.

"야시르."

칼스가 야시르를 불렀다.

"으, 응?"

"보기 싫다. 저쪽으로 던져버려라."

"그, 그, 그, 그럴까?"

야시르가 히죽 웃음을 드러내며 요세프와 죠세프의 다리를 한 손에 한 쪽씩 번쩍 들어올렸다.

두 형제 모두 워낙 키가 큰 터라 머리가 땅에 질질 끌렸다.

야시르는 요세프와 죠세프를 냇물 너머로 마치 짐짝 던지듯 훌훌 던져버렸다.

아무리 신력을 타고난 거라고는 하지만 저 정도 힘이면 가히 괴물이라고 해도 과언이 아닐 정도였다. 어지간한 어른들도 혀를 내두를 것이다.

그 모습에 숲마을 아이들은 코델의 눈치를 살짝 살폈다.

"쩝."

코델은 입맛을 다시며 손을 휘저었다.

"내 눈치 볼 거 없다."

그 말이 끝나기가 무섭게,

"와아아아!"

"야시르, 만세다! 만세!"

아이들은 야시르를 향해 환호를 내질렀다.

그 환호에 야시르는 벌겋게 달아오른 얼굴을 해가지고 칼스와 코델 뒤로 후다닥 뛰어와서는 숨겨지지도 않는 몸을 숨기며 쑥스러워하는 미소를 지어보였다.

그 미소는 행복해 보였다.

코델은 못 말리겠다는 표정을 지으며 야시르를 아이들 앞으로 떠밀었다.

"좀 그렇겠다."

칼스의 말에 코델이 눈가에 주름을 잡으며 어깨를 살짝 들먹였다.

"뭐, 괜찮아. 내가 골목대장인 건 달라지지 않으니까."

그리고는 칼스 옆으로 한 걸음 다가섰다.

"그리고, 친구잖아."

코델의 그런 태도에 칼스는 흡족한 미소를 지었다.

"뭐, 뭐야? 그 웃음은?"

코델은 대번에 실눈을 떴다.

"아무것도……."

칼스는 손을 뻗어 코델의 어깨에 얹었다.

"갑자기 내 인생을 저주하고 싶다."

코델의 자포자기 한숨.

"팔자려니 해라."

곧바로 이어진 칼스의 담담한 말.

"으으으으!"

결국 코델은 머리를 쥐어뜯으며 몸서리치다 어깨를 축 늘어뜨렸다.

"우리는 친구잖아."

"그게 더 싫어, 임마!"

결국 코델이 버럭 소리를 질렀고, 그 바람에 주변이 삽시간에 조용해지며 모든 이목이 코델과 칼스에게로 쏠렸다.

"그럼 친구는 하지 말고, 그냥 대장 해버릴까?"

칼스가 속삭였다.

"으아아아아!"

코델이 절규에 가까운 소리를 질렀다.

제9장
마르케시 가문

퍼억- 퍼억-.

샌드백이 야시르의 주먹 앞에서 바람에 이리저리 휩쓸리는 풍선처럼 출렁출렁거렸다.

"정말 무시무시하다."

그 모습을 보던 코델이 혀를 내둘렀다.

"히히, 히히히!"

샌드백을 마구 두들기던 야시르가 갑자기 주먹을 멈췄다. 그리고는 무얼 상상하는지 눈에 훤히 보일 정도로 혼자 낄낄거렸다.

"얼씨구?"

코델은 기가 차다는 듯 콧방귀를 뀌었다.

"어이, 어이."

칼스가 그런 코델의 옆구리를 나무막대로 콕콕 찔렀다.

"집중 좀 하지?"

그러면서 펼쳐진 책을 툭툭 두들겼다.

"오늘은 그만하면 안 될까?"

코델은 어지간히도 좀이 쑤시는 모양인지 몸을 이리저리 배배 꼬았다.

'휴우-.'

한숨이 절로 나왔다.

싸움에 관련된 운동에만 들어가면 지독하리만큼 집중을 하는 녀석이건만 책만 펼쳤다 하면 30분이 한계였다.

어찌어찌 오늘도 30분은 채운 거 같았다.

얼마만큼 열심히 집중했는지는 몰라도.

"야시르, 그만 실실 쪼개고 나랑 바꿔!"

눈치를 살짝 살피던 코델이 칼스가 잠깐 생각에 잠긴 틈을 놓치지 않고 재빨리 자리에서 벌떡 일어나 꽁무니를 뺐다.

"대, 대장에게 더, 더 이상 가, 가르쳐줄 거 어, 없는데……."

어제부로 칼스는 야시르가 준 책을 모두 외웠던 것이다.

"멍충아! 그냥 가!"

코델은 무작정 야시르의 등을 밀며 샌드백 앞자리를 차지했다.

“아싸! 보고 싶었다, 샌드백아!”

코델은 샌드백 앞에서 환호성을 터트리며 주먹을 날렸다.

야시르는 어정쩡한 모습으로 칼스에게로 걸어왔다.

“오늘부터 따로 할 거 있어.”

“뭐, 뭐?”

야시르는 초롱초롱한 눈으로 칼스를 쳐다보았다.

“이거.”

칼스는 오두막 벽에 기대놓았던 나무판자를 야시르에게 내밀었다.

“이, 이, 이게 뭐, 뭐야?”

나무판자에는 숯으로 글이 빼곡하게 쓰여 있었다.

“일단 달달 외워.”

“다, 달달?”

“그래.”

칼스가 고개를 끄덕이자 야시르는 나무판자에 적힌 내용을 읽어 내려갔다.

“뜨거운 심장이 뛴다! 몇 번을 깨져도 멈추지 않아. 고통 따윈 날 어쩌지 못해. 자존심 하나로 살아간다. 태풍이 몰아쳐도 멋지게 걸어, 난 남자니까! 한 걸음 한 걸음 당당하게! 더 크게 웃어, 난 남자니까. 아파도 슬퍼도 당당하게! 남자답게!”

야시르는 더듬지 않고 단숨에 읽어내렸다.

선천적으로 말을 더듬는 아이가 아니라서 그런지 차분히 글을 읽을 때에는 말을 더듬지 않았다. 그렇기에 칼스는 야시르에게 웅변을 가르쳐보기로 마음을 먹었던 것이다.

되리라는 보장은 솔직히 없었지만 안 해보는 것보다야 나으리라는 판단 때문이었다.

"우, 우, 우와! 머, 멋지다!"

단숨에 다 읽어 내려간 야시르는 입을 쩍 벌리며 감탄사를 연신 터트렸다.

그 말에 칼스의 얼굴이 살짝 붉어졌다.

웅변을 접해본 적이 없었기에 대략적으로 어떤 것인지만 알지 세세히는 알지 못했다. 그렇다보니 궁여지책으로 전생의 기억을 더듬어 한 가수의 노래 가사를 슬쩍 가져와 조금 고쳐 적어놓은 것뿐이었다.

"별로 길지 않으니까 금방 외울 수 있겠지?"

"으, 응."

"그거 다 외우면 앞으로 매일 열 번씩 서서 남들에게 연설하는 것처럼 소리 내서 외쳐."

"허, 허억!"

야시르가 기겁하며 헛바람을 삼켰다.

"그, 그, 그, 그거 꼬, 꼭 해, 해, 해야 해?"

가뜩이나 소심한 야시르다.

그래서 목소리 또한 자그맣다.

아마 야시르가 지금까지 살면서 큰 소리를 낸 건 며칠 전 아지트를 건 싸움에서가 처음이자 마지막이 아닐까 싶었다.

"하라면 해. 그걸 하면 자신감도 생길 거고, 무엇보다……."

"무, 무엇보다?"

"잘 하면 말 더듬는 걸 고칠 수도 있을 거야."

"저, 저, 정말?"

"그래."

확신은 없었지만 대답은 시원하게 해줬다.

"아, 아, 알았어."

야시르는 고개를 끄덕이며 나무판자를 내려 보았다. 나무판자를 든 손이 꽤나 야무지게 쥐여져 있었다.

칼스는 중얼거리며 노래 가사를 외우는 코델을 잠시 지켜보다 자리에서 일어났다. 샌드백을 두들기는 코델의 자세를 봐주기 위해서였다.

먼 미래의 일은 모르겠지만, 칼스는 코델과 야시르를 친구로 받아들였다.

즉, 마음을 준 것이다.

그렇기에 자신이 가진 무예 전반을 전수해줄 생각까지는 없더라도 기왕 가르치기 시작한 복싱과 거기에 어울리는 몇 가지 발차기, 쉽게 풀어 말하자면 상당 부분 간소화시킨 킥복싱 정도는 완벽하게 가르칠 생각이었다.

부우웅- 턱!

주먹을 날렵하게 날리던 코델이 몸을 틀며 샌드백을 향해 발을 날렸다. 하지만 정확한 자세가 이뤄지지 않아 발차기는 엉성하기 짝이 없었고, 그 때문에 정확한 타격이 이뤄지지 않았다.

"이잉?"

스스로도 뭔가 이상하다고 느낀 코델이 몸을 이리저리 틀어보며 허공에 발을 차올렸다.

"그게 아니야."

칼스가 코델 옆으로 다가섰다.

"발차기는 다리 힘이 아니라 허리힘으로 차는 거야. 이렇게!"

후우웅―.

코델과 달리, 칼스의 발차기에서는 날카로운 소리가 울려 퍼졌다.

"아아―."

코델은 칼스의 동작을 유심히 보며 고개를 끄덕였다. 그러더니 다시 자세를 잡고 몇 번에 걸쳐 천천히 다리를 차올렸다. 뭔가 알아차렸다는 듯 손바닥을 탁 쳤다.

"하하, 이거였구나."

자세를 고쳐잡은 코델은 허리에 힘을 줘 비틀며 다리를 내질렀다.

퍽!

확실히 달라진 타격음이 샌드백에서 타져나왔다.

코델은 몸을 쓰는 것만큼은 확실히 소질을 타고 났다.

단 한 번 알려주었을 뿐인데 허리의 힘을 상당 부분 다리로 전달하는 데 성공해버린 것이다.

"사랑한다!"

입이 찢어질 듯 웃던 코델이 고개를 돌려 칼스를 향해 느닷없이 소리쳤다.

"미친놈."

칼스가 낯을 찌푸리며 뒤로 한 걸음 물러났다.

"흐흐흐."

한동안 낮게 웃던 코델이 다시 샌드백 앞으로 다가섰다.

퍽퍽퍽- 퍼억!

조금 전과 달리, 동작과 동작이 물 흐르듯 부드럽게 이어지며 샌드백을 두들겼다.

단지 하나의 요령을 알려줬을 뿐인데 여러 문제점들마저 서서히 지워나가고 있었던 것이다.

'천재인가?'

그런 생각마저 들 정도였다.

'하지만……'

글공부를 보면 분명 천재는 아니었다.

관점에 따라 다르겠지만…….

어쨌든 코델의 놀라운 운동 신경에 혀를 내두르던 칼스 옆으로 야시르가 다가왔다.

“대, 대, 대장.”

“응? 왜?”

“어, 어디서 외, 외, 외, 외, 외치면 돼, 돼, 돼?”

상당히 긴장을 했던지 평소보다 더 심하게 말을 더듬었다.

“다 외웠어?”

“어, 어, 어.”

십여 분도 채 되지 않았던 거 같았다.

아무리 짧은 가사라고 해도 이렇게 빨리 외울 줄은 몰랐다.

“그냥 편한 데 서서 해.”

“그, 그, 그럼 저기서 하, 하, 하면 돼?”

야시르가 가리킨 곳은 숲으로 들어가는 길목의 수풀 앞이었다.

“저기가 편하면 저기서 해.”

“아, 아, 알았어.”

야시르는 칼스의 눈치를 살피며 잔뜩 주눅이 든 걸음으로 수풀 앞에 걸어가 섰다.

“해, 해?”

야시르는 고개를 돌려 칼스에게 다시 물었다.

칼스는 옅은 웃음을 띠며 고개를 끄덕여주었다.

잠시 손을 비비고, 비빈 손으로 얼굴을 만지고, 그렇게 긴장된 모습으로 안절부절 못하더니 슬쩍 눈동자를 돌려 칼스를 쳐다보았다.

답답한 마음이 없지 않았지만 야시르가 원체 소심한 성격이

라는 것을 알았기에 그런 마음을 참으며 다시 부드럽게 고개
를 끄덕여 주었다.

"뭔데?"

샌드백을 두들기던 코넬도 야시르의 행동에 신경이 쓰였는
지 칼스 곁으로 다가와 섰다.

"웅변."

"웅변?"

"그냥 그런 게 있어."

코넬의 반문에 어떻게 설명해 줘야하나 생각하다 마땅히 설
명할 수 있는 단어가 떠오르지 않아 그냥 두루뭉술하게 넘어
가려했다.

"뜨거운 심장이 뛴다! 몇 번을 깨져도 멈추지……."

"뭔데? 어? 뭐냐고?"

야시르의 웅변이 시작하자 궁금증을 참지 못했는지 칼스를
재촉하듯 다시 물었다.

"그냥, 야시르 말 좀 안 더듬게 해보려고."

"호오-, 그게 돼? 어라? 정말 안 더듬네."

코넬의 반신반의하던 눈치가 곧 바뀌었다.

목소리는 모기만큼 작았지만 칼스의 말대로 전혀 더듬지 않
았기 때문이었다.

"이야!"

이어서 감탄사를 터트렸다.

“……멋지다.”

초롱초롱한 눈으로 야시르의 목소리에 바싹 귀를 기울이는 모습이었다.

“우, 우와!”

칼스가 적어준 노래 가사를 자그만 목소리로 외친 야시르가 흥분한 모습으로 뛰어왔다.

“나 하, 한 번도 안 더듬었어.”

“잘 했어.”

칼스가 활짝 웃어주었다.

“야시르.”

그 사이에 코델이 끼어들었다.

“나도 알려줘. 뜨거운 심장이 뛴다! 으으으으!”

야시르보다 코델이 더 흥분한 모습이었다.

“그, 그거 카, 칼스가 가르쳐준 건데.”

“진짜?”

코델의 고개가 섬광처럼 칼스를 향해 돌아갔다.

“배우고 싶으면 빨리 글부터 익혀.”

칼스는 이때다 싶어 입꼬리를 얄미울 정도로 말아 올렸다.

“히익!”

코델의 코에서 김이 뿜어져 나왔다.

“그냥 알려줘도 되잖아.”

나름의 발악.

하지만 칼스는 언제나처럼 냉정하게 딱 잘랐다.

"다 외웠지?"

칼스가 손을 내밀자 야시르가 고개를 끄덕이며 나무판자를 넘겼다. 칼스는 나무판자를 다시 코델에게 내밀었다.

"외우고 싶으면 읽어서 외워."

"쳇, 됐네요."

코델은 콧방귀를 뀌고는 야시르를 쳐다보며 배시시 웃음을 보였다.

"야시르-."

코델답지 않게 나긋한 목소리.

"시, 싫어."

야시르가 장난기어린 웃음을 히죽 지었다.

그 웃음과 거절에 코델의 뺨이 한순간 파르르 떨렸다.

"야! 야시르!"

코델이 소리를 버럭 지르자 야시르는 칼스 뒤에 몸을 숨겼다.

"하하, 하하하."

칼스는 어깨 너머로 야시르의 웃음을 들으며 나무판자를 다시 한 번 더 내밀었다.

"이익!"

결국 코델은 잔뜩 찌푸린 얼굴로 나무판자를 빼앗듯 받아들었다.

"나쁜 놈들!"

"머, 멍충아! 다, 다 너를 위해서야. 하하, 하하하!"

칼스 뒤에 서있는 야시르가 혀를 삐죽 내밀었다.

"야시르! 많이 컸다. 일로 와, 한 판 붙어! 누가 위인지 확실히 보여주마!"

"시, 싫어. 머, 멍충아!"

야시르가 칼스 뒤에 바싹 숨었다.

"으아아아!"

코델이 화를 이기지 못하고 머리를 쥐어뜯으며 소리를 질렀다.

"하하하하!"

둘의 티격태격하는 모습에 칼스도 결국 웃음을 터트렸다.

그때 부스럭거리는 소리가 숲속에서 들려왔다. 이어 수풀이 바스락거리며 흔들렸다.

"응?"

칼스는 말을 멈추고 숲을 쳐다보았다.

수풀을 헤치고 나온 이는 다름 아닌 마타이 노인이었다.

"하, 하, 할아버지."

칼스 뒤에 숨어있던 야시르가 눈을 동그랗게 뜨며 덩치에 걸맞지 않게 마타이 노인에게로 쪼르르 뛰어갔다.

"안녕하세요."

코델도 어쩔 수 없이 화를 누그러트리며 마타이 노인에게 인사했다.

"오랜만입니다."

“그래 오랜만이구나.”

마타이 노인이 칼스의 인사를 받으며 다가왔다.

“어머니 계시냐?”

“예. 아버지도 오늘은 집에 계십니다.”

칼스의 대답에 고개를 끄덕이며 통나무집으로 발걸음을 옮기던 마타이 노인이 걸음을 멈췄다.

“고맙구나.”

“네?”

앞뒤 잘린 말에 칼스가 고개를 갸웃거렸다.

“히히.”

야시르가 칼스의 옆구리를 툭 치며 배시시 웃었다.

야시르의 웃음에 담긴 의미를 상기한 칼스는 마타이 노인의 말뜻을 알아차렸다.

“아닙니다.”

마타이 노인은 희미한 미소를 살짝 짓는가 싶더니 이내 몸을 돌려 통나무집으로 돌아들어갔다.

＊　　＊　　＊

쿵쿵쿵!

마타이 노인은 주먹으로 문을 두들겨 인기척을 냈다.

“안에 있는가?”

잠시 문이 열리고 프랭크가 밖으로 나왔다.

"마타이 어르신 아니십니까?"

"잘 있었는가?"

"저야 항상 똑같죠. 거기서 그러실 게 아니라 안으로 드시죠."

프랭크는 안나에게 알리며 마타이 노인을 안에 들였다.

"여보, 마타이 어르신께서 오셨어."

"오랜만입니다, 어르신."

안나의 인사에 마타이 노인은 화답하며 집 안으로 들어갔다.

"오랜만일세."

탁자 앞에 자리를 잡고 앉자마자 마타이 노인은 곧바로 본론을 꺼냈다.

"경황이 없어 매일같이 신세를 지면서도 이제야 찾아왔네. 미안하네."

"아, 아닙니다."

마타이 노인의 말에 프랭크가 손사래를 쳤다.

"형편이야 서로가 뻔하니 내가 줄 수 있는 건 이런 것밖에 없네. 요긴하게 써주면 좋겠네."

마타이 노인은 정성스럽게 말린 약초들을 탁자 위에 올려놓았다.

"이러지 않으셔도……."

하지만 프랭크는 탁자에 올려놓은 약초를 마타이 노인에게 되밀지 않았다. 완고한 그의 성품을 알고 있기 때문이었다.

"그럼 잘 쓰겠습니다."

"고맙네."

역시나 주는 입장인데도 고맙다고 표현하는 것을 보면 나이가 들어도 성품은 전혀 바뀌지 않은 것 같았다.

"그리고 말일세."

마타이 노인이 결연한 표정을 지었다.

"내가 실수를 하나 한 것 같아서 말이야."

"……?"

잠시 머뭇거리는가 싶더니 마타이 노인은 칼스가 찾아온 날의 이야기를 해주었다.

"이야기해주셔서 감사합니다."

잠시 놀란 표정을 짓던 프랭크가 이내 침착한 모습으로 고개를 숙였다.

"그럼 이만 가보겠네."

마타이 노인이 자리에서 일어났다.

"멀리 안 나가겠습니다."

프랭크와 안나가 서로 해야 할 말이 많으리라는 것을 마타이 노인도 잘 알기에 조용히 밖으로 나갔다.

"칼스가 외탁을 한 모양이야."

프랭크의 말.

"이제는 말해줘야겠지요?"

안나의 목소리는 무겁지도, 그렇다고 가볍지도 않았다.

"응. 솔직히 대단한 것도 아니잖아."

프랭크가 안나의 어깨를 살포시 당겨 안았다.

"녀석, 다 컸구나. 슬슬 사냥에 데려갈까?"

프랭크는 담담한 말투에 희미한 미소를 곁들였다.

*　　*　　*

저녁 식사가 끝나고, 프랭크가 진지한 표정으로 칼스를 불렀다.

안나가 차를 내왔다.

마타이 노인이 오갔던 터라 대충은 짐작하고 있었기에 칼스는 당황하지 않고 침착하게 자리에 앉았다. 하지만 속은 꽤나 긴장되었다.

근 1년이라는 시간이 흐른 지금, 이제는 아이의 기억이 마치 자신의 기억인 것처럼 자연스러워졌기 때문이었다. 그리고 알게 모르게 프랭크와 안나에게 제법 정이 쌓이기도 했다.

"마타이 어르신을 찾아갔었다고?"

"예."

"그렇구나."

프랭크는 묵묵히 고개를 끄덕이며 차를 마셨다.

"어른이 다 되었구나."

칼스를 바라보는 프랭크의 눈빛과 목소리에서 그저 흡족하다거나 대견스러워하는 것만이 아닌 믿음직스러워하는 심정이 묻어나왔다.

"너를 보고 있자면 역시 외가의 피가 흐르고 있다는 것을 요즘 곧잘 느끼고 있다."

프랭크는 평소 같은 친근한 느낌이 없었다.

아버지라는 이름이 그에게 무게감을 실어준 것이리라.

"많이 궁금했을 텐데, 잘 참았구나."

처음에 안나의 숨겨진 과거를 알았을 때에는 남이라는 생각이 더 강해 무덤하게 넘겼지만, 시간이 흐르면서 남이 아니라 부모라는 감정이 가슴에 스며들며 몹시도 궁금해 하던 참이었다.

'이제는 내가 완전히 칼스가 된 것인가?'

칼스는 심장이 뛰고 있는 왼쪽 가슴에 손을 얹고 살포시 움켜잡았다.

"칼스야."

프랭크가 다정하면서도 근엄하게 불렀다.

"예, 아버지."

"하고 싶은 게 따로 있느냐?"

그 물음에 칼스는 잠시 고민하지 않을 수가 없었다.

하고 싶은 일을 사실대로 털어놓고 적극적인 협조를 얻을 것인가, 아니면 좀 더 마음을 숨길까.

'이 세상에 부모를 믿지 못하면 누구를 믿을까?'

문득 그런 생각이 머릿속을 지배했다.

피식하고 실소가 튀어나올 뻔했다.

불과 1년 전이라면 전혀 이런 생각을 못했을 것이다. 김현의 삶에서 부모는 남보다 못한 존재였으니까. 하지만 지금의 생에서는 부모의 사랑을 부족함 없이 느끼며 살고 있었다.

"아직 명확하게 정한 바는 없습니다."

칼스는 프랭크와 안나를 번갈아 쳐다본 후 입을 열었다.

"하지만 농노로 살 생각은 없습니다."

여느 농노 집안이라면 한바탕 소란이 일어도 이상하지 않을 폭탄 발언.

하지만 프랭크는 묵묵히 고개를 주억거렸다.

"나야 농노로 태어나서 농노로 살았지만, 네 외가는 아니다."

프랭크는 담담하게 과거를 이야기하기 시작했다.

"이 아비는 열여섯에 농노군병이 되어 네 어미를 만난 스물다섯 살까지 전장에서 생을 보냈다."

몰랐던 사실이다.

그렇게 프랭크의 이야기가 시작되었다.

난센 남작령에는 농노군이라는 제도가 있다고 한다.

비단 난센 남작령뿐만 아니라, 활용도에 따라 다르지만, 루산느 왕국 대부분의 영지에서도 대개 활용하는 제도이기도 했다.

농노군은 국가전이나 영지전이 발발해 부족한 군사 수를 채우기 위해 농노들을 강제로 차출하는 농노병과 달리 농노들 가운데 신체가 뛰어난 이를 선발해 병사로 복무시키는 제도였다.

일단 농노군의 농노군병이 되면 풍족하지는 않아도 배는 곯지 않는다. 거기에 10년 간 복무를 하면 자유민 신분을 얻는 동시에 자그만 땅을 사거나, 아니면 자그만 가게 하나 정도는 열 수 있는 상당한 복무 퇴직금도 주어진다.

이런 이유로 많은 농노군이 존재할 것 같지만 의외로 농노군의 수는 적다.

가장 큰 이유는 징병제가 아닌 모병제이기 때문이었다.

농노군병으로 복무한 자 중에 멀쩡하게 살아 제대를 하는 이는 열 명에 한 명 꼴이었다. 아무래도 농노로 이뤄진 부대이기에 전장에서는 가장 위험한 곳을 주로 전전하는 데다, 아울러 사람이라면 누구라도 꺼림칙하게 생각할 더러운 일도 대부분 농노군병의 몫인 까닭이었다.

그렇기에 농노군은 죽기 위해 가는 군대라는 악명으로 농노들 사이에서 유명했다.

그런 이유로 대부분의 농노들은 차라리 배를 곯으면 곯았지 살아서 제대할 수 있다는 보장도 없는 농노군에 지원을 하지 않는 실정이었다.

이런 실정이었지만 농노군 제도는 유지되고 있었다.

배고픔보다 자유를 꿈꾸는 이가 생각보다 많다고 여기면 오판이다.

그런 이가 없는 것은 아니지만 그 수는 극히 희박하다.

아이러니하게도 배고픔을 면하기 위해 농노 부모들이 아이들을 농노군에 강제로 지원시키는 경우가 태반이었다. 농노군에 입대하는 즉시 소정의 지원금이 그 가족들에게 하사되기 때문이었다.

물론 지원한다고 해서 모두 입대가 허락되는 것도 아니다.

비록 소모성이 강한 부대라고는 하지만 엄연한 전력인 만큼 정예로 채우고 싶어 하는 마음이 강한 까닭이었다.

어릴 적에 돌림병으로 부모와 형제를 잃고 천애의 고아가 된 프랭크는 살기 위해 농노군에 자원입대를 했다.

살기 위해 독기를 머금고 악착같이 버텼고, 그 독기는 활약으로 이어졌다. 그런 활약은 난센 남작령의 버틀러 수석기사의 눈에 띄었고, 복무 7년째에 난센 남작령 농노군 최고 지휘 자리인 백부장이 되었다.

그리고 복무 마지막 10년이 되던 해, 프랭크는 크리머 백작과 하만 백작 사이에 벌어진 파벌 간 영지전에 참전했었다. 그리고 10년의 영지전의 승리와 함께 10년의 복무 기간이 끝났다.

이때까지만 해도 프랭크의 삶은 승승장구였다.

자유민의 신분도 얻게 되었고, 아울러 영지 정규군 십부장 자리도 약속을 받은 상태였기 때문이었다.

하지만 운명은 마음처럼 흘러가지 않는 법.

바로 안나를 만난 것이었다.

안나의 가문, 마르케시 가문의 시작은 증조부, 그러니까 칼스의 외고조부 때부터였다.

증조부가 하만 백작가의 기사가 되면서 마르케시라는 성으로 가문을 일으켜 세운 까닭이었다. 비록 증조부는 그저 평범한 일개 기사로 생을 마감했지만 안나의 조부는 달랐다. 조부는 증조부가 남긴 평범한 검술을 자신에게 맞게 발전시켰고, 그렇게 완성된 검술로 빼어난 무력을 선보이며 기사로서의 명성을 쌓았다고 했다.

하지만 너무 올곧은 성품이 화가 되었다.

그런 성품으로 인해 하만 백작가의 선대 영주에게는 무한한 신뢰를 얻었지만 현 영주와는 달랐다. 주군의 아들이자 차후 자신의 주군이 될 현 영주에게도 충심으로 쓴소리를 마다하지 않았던 것이다.

그렇기에 현 하만 백작은 선대 백작인 아버지가 죽고 영주직을 계승하자마자 안나 조부의 기사직을 박탈하고 내쫓아버렸다.

다행히 안나의 아버지에게 상재가 있었고, 거기에 조부의 위명이 더해지면서 남부럽지 않은 상단을 일궈낼 수 있었다.

여기까지는 안나의 가문도 크게 문제가 없었다.

문제의 발생은 하만 백작과 크리머 백작 사이에 벌어진 영지전이었다.

그때까지도 하만 백작가에 대한 충성심이 고스란히 남아있던 안나의 조부는 크리머 백작가를 향해 분노를 터트렸고, 노구를 이끌고 전쟁에 참여했다. 그리고 자연스럽게 안나의 상단도 하만 백작가에 물자를 적극 지원한 것이다.

그렇다보니 잊혔던 안나의 조부의 위명이 되살아났고, 그 사실은 하만 백작의 심기를 건드리고 말았다. 안 그래도 안나의 조부를 눈엣가시처럼 생각하고 있던 하만 백작은 결국 영지전 패배 후 안나의 가문을 다른 상단과 묶어 몰락시켜버렸다.

그 후 마르케시 가문의 사람들은 모두 참형을 당했고, 안나도 모진 고초를 겪은 후 노예가 되었다.

그런 그녀는 영지전의 배상금으로서 수많은 노예들과 함께 크리머 백작의 영지로 끌려갔고, 그때 프랭크에게 노예들의 수송 임무가 맡겨졌다. 그리고 프랭크는 안나를 사랑하게 되어버린 것이다.

프랭크는 고민 끝에 버틀러 수석기사를 찾아갔고, 결국 프랭크는 자신에게 주어질 모든 것을 안나, 단 한 명과 바꿨다.

애초에 불가능하다면 불가능한 일이었지만 버틀러 수석기사는 프랭크의 적지 않은 공훈을 생각해 프랭크의 뜻을 들어주었다. 원래대로라면 프랭크는 농노로 살아가야 했지만 버틀러 수석기사는 안타까운 마음에 그를 사냥꾼이라는 직업에 앉힌 것이다.

아울러 안나가 다른 이의 눈에 띄어 봐야 하등 좋을 것이 없는 이유도 물론 없지 않았다.

그런 사연으로 칼스네는 농노 신분이지만 농노와 자유민의 중간쯤에 위치한 애매한 신분으로 나름 풍족한 생활을 영위하고 있었던 것이다.

참으로 기구한 삶이 아닐 수가 없었다.

"……어머니."

안나의 삶을 생각하는 것만으로도 마음이 울컥거렸다.

"엄마 걱정해주는 거니?"

오히려 안나가 칼스의 손을 부드럽게 잡으며 마음을 달래주었다.

"엄마는 아빠와 네가 있어 행복하단다."

눈가에 언뜻 눈물이 맺힌 듯 보였다. 하지만 환한 웃음이 그 눈물을 완전히 가려주고 있었다.

"네 뜻은 알았다."

프랭크의 목소리는 낮았지만 힘이 가득 담겨있었다.

"네 엄마의 본 이름은 아르네나 마르케시다."

"이르네나 마르케시……."

칼스는 조용히 안나의 이름을 읊으며 머릿속에 각인시켰다.

"외증조부께서 창안하신 마르케시 검술은 십여 년 전 영지전을 끝으로 맥이 끊겼다."

그 말에 안나의 눈시울이 언뜻 붉어졌다.

"하지만 외가의 피가 흐르고 있다면 너 역시 너만의 검술을 만들 수 있을 거라 믿는다. 외증조부께서도 외고조부의 경험과 밑바탕이 있었기에 마르케시 검술을 만들 수 있었다고 평소 말씀을 하셨다고 한다. 그러니 일주일 뒤부터 이 아비에게 검을 배우도록 해라. 비록 십 년 넘게 검을 손에서 놓았다고는 하나, 밑바탕 닦아줄 정도는 될 게다.”

평소의 덜렁대고 가벼워 보이는 모습은 어느새 완전히 사라져 있었다. 근엄하면서도 날카로운 안광이 번뜩일 뿐이었다.

“감사합니다, 아버지.”

칼스의 그의 말을 들으며 고개를 끄덕였다. 그리고 조용히 손을 뻗어 아무 말 없이 눈시울만 붉히고 있는 안나의 손을 따뜻하고 듬직하게 잡아줄 뿐이었다.

제10장
프랭크의 검

One's life Story
of the Emperor

난센 남작령 내성에 위치한 자그만 규모의 소연무장.

그 소연무장 중앙에 사십을 갓 넘긴 중년인이 웃통을 벗은 채 자루까지 통짜 쇠로 만들어진 연습용 투핸드소드를 움켜잡고 서 있었다.

"흐아압!"

걸걸한 기합이 우렁차게 터지며,

쐐애애액-.

투박한 날을 가진 연습용 투핸드소드가 허공을 갈기갈기 찢어발겼다. 언뜻 보기에도 무게가 어지간한 투핸드소드보다 서너 배는 되어 보이는데도 투핸드소드는 폭풍처럼 매섭게 휘몰아쳤다.

"흐아압!"

중간 중간에 기합을 터트리며 수련에 매진하고 있는 이는 바로 버틀러 수석기사였다.

난센 남작의 매제이기도 한 버틀러 수석기사는 여느 날과 변함없이 연무장에서 수련에 매진하고 있었다.

검을 휘두르는 그의 눈에는 열망이 가득했다.

스무 살이 되던 해, 남들보다 적어도 3, 4년은 빠르게 소드 에코[Sword echo, 검명(劍鳴)]를 울리며 마나 익스퍼트(Mana expert)에 올랐다. 소위 천재까지는 아니어도 수재 중 수재 소리는 들을 만큼 검에 대해 남다른 재능을 가지고 있었다.

남은 것은 오직 하나.

검에 마나를 담는 마나 소드.

그건 바로 검을 든 자라면 누구라도 꿈꾸는 마나 마스터(Mana master)에 대한 집념이었다.

검을 휘두르던 버틀러는 인기척을 느끼고 투핸드소드를 거둬들였다.

"연락 없이 찾아와서 죄송합니다."

버틀러를 찾아온 이는 바로 프랭크였다.

"눈빛이 달라졌군."

버틀러는 날카로움이 번뜩이는 프랭크의 눈빛을 보며 의아해했다.

"그럴 일이 생겨버렸습니다."

프랭크는 복잡한 미소를 띠었다.

"좀 앉을까?"

버틀러는 그늘이 진 곳으로 걸음을 옮겼다.

"제가 어찌……."

프랭크는 버틀러를 따라 그늘에 들어섰지만 마주 앉지는 않았다.

"괜찮아. 올려보면 목 아프다네."

버틀러는 연습용 투핸드소드로 앞에 놓인 의자를 툭툭 찛은 후 옆에 세워놓았다.

"죄송합니다."

프랭크는 허리를 깊게 숙인 후 버틀러의 정면에 자리를 잡고 앉았다.

"이렇게 마주 앉아보는 게 근 십 년 만인 거 같군."

"그렇습니다."

"그 눈빛, 그립게 만드는군."

독기어린 프랭크의 눈빛이 버틀러의 해묵은 감정을 건드린 모양이었다.

프랭크는 비록 농노군병이었다고는 하지만 전장에서 믿고 의지할 수 있는 몇 안 되는 수하 중 하나였다. 그렇기에 안나를 만나 농노로 돌아가는 것을 속으로 아파했으며, 한편으로 프랭크의 뜻을 들어주기 위해 적지 않은 노력을 기울여주기도 했었다.

"죄송합니다."

그 마음을 프랭크 역시 잘 알기에 고개를 숙였고, 그 모습에서 진심이 묻어나왔다.

"이제와 하는 말이지만 안나를 만나 어수룩하고 순박해진 눈빛도 나쁘지 않다고 생각했었다. 하지만 자네에게는 역시 그런 독한 눈이 어울려 보이는군."

역시나 진심이 묻어나오는 말.

프랭크의 고개는 다시 숙여질 수밖에 없었다.

"이런 이야기를 하려고 찾아온 것은 아닐 테고……, 그 눈빛을 보니 작지 않은 용건이 있는 것 같군."

프랭크는 고개를 들어 버틀러를 쳐다보며 굳게 닫혀있던 입을 열었다.

"검을 몇 자루 소지할 수 있게 허락을 내려주십시오."

"검을?"

프랭크의 말에 버틀러의 눈동자가 살짝 커졌다.

"검이라……, 무슨 일인지 물어봐도 되겠나?"

농노는 검을 소지할 수 없다.

불문율이다.

검을 소지하고 있는 것만으로도 목이 날아가도 하등 이상할 것이 전혀 없는 신분. 누구보다 그 신분을 잘 아는 프랭크가 아닌가.

과거를 잊고 살아가는 프랭크에게 검이라니, 당연히 버틀러
는 적지 않게 놀랄 수밖에 없었다.

"아들놈에게 검을 가르쳐볼까 합니다."

"독사의 아들이라……."

버틀러는 프랭크의 별명을 잊지 않고 있었다.

그 별명에 프랭크는 쓴웃음을 살짝 지었다가 빠르게 거뒀다.

"기대가 되는군."

버틀러는 한 번도 보지 못한 칼스를 머릿속으로 상상하며
고개를 끄덕였다.

"농노군에 보낼 생각인가?"

"아이가 원하면 말리지는 않을 생각입니다."

어두운 표정으로 대답했다.

누구보다 농노군의 실상을 잘 아는 프랭크였기에 한쪽 가슴
이 무척이나 쓰렸다.

"검은 어디서 구하고?"

"그간 모아둔 돈이 조금 있습니다."

"돈이 있다한들 제대로 된 검을 구하지는 못할 거다."

"알고 있습니다."

"내 몇 자루 내어주지. 그걸 가지고 가게."

"그렇게까지……."

버틀러는 죄송스러운 마음에 말끝을 흐렸다.

"내가 해줄 수 있는 게 그것뿐이다."

한순간이지만 버틀러의 눈동자에 씁쓸한 감정이 떠올랐다가 사라졌다.

사실상 난센 남작령 수석기사라는 자리도, 난센 남작의 매제라는 신분도 역시 허울만 좋을 뿐이었다.

버틀러는 난센 남작령 정규군 백인대장의 아들로 태어났다. 어릴 적 그의 뛰어난 재능을 발견한 선대 난센 남작은 물심양면으로 버틀러를 지원했었다.

선대 난센 남작의 은혜를 갚고자 버틀러는 더욱 검에 몰두했고, 노력의 결과가 있어 천재까지는 아니어도 수재라는 소리는 들을 수 있었다.

선대 난센 남작은 그런 버틀러를 보며 기뻐했고, 그 모습에 버틀러 수석기사는 더욱 노력했다.

버틀러를 친아들처럼 대했던 선대 난센 남작은 마침내 하나뿐인 딸, 알리시아와 혼인시켜 그를 자신의 가문의 일원으로 받아들였다.

하지만 선대 난센 남작의 그런 행동과 모습은 또 다른 질투와 시기를 낳아버리고야 말았다.

평범한 재능을 타고난 현 난센 남작에게 부친의 꾸지람과 버틀러와의 비교는 단단한 응어리가 되어버린 것이었다.

어릴 적부터 형제처럼 자란 둘이었다.

그렇기에 필연적으로 비교를 당할 수밖에 없었다.

그 당시 버틀러는 몰랐지만 그가 노력하면 노력할수록 현

난센 남작은 선대 남작에게서 호된 꾸지람을 들으며 가슴에
진 멍을 키워갔던 것이다.

그렇다보니 항상 함께였지만 둘 사이에는 미묘한 거리감이
만들어졌고, 어느 순간부터는 함께 있어도 남보다 못하다는
어색함이라는 벽이 둘 사이를 가로막아버렸다.

그 벽이 버틀러의 부인이자 현 난센 남작의 누이인 알리시
아로 인해 낮아지고 허물어지는가 싶었지만, 십여 년 전, 크리
머 백작과 하만 백작의 영지전이 끝난 직후 느닷없이 왕국을
덮친 전염병이 알리시아와 하나뿐인 아들을 한꺼번에 앗아가
버렸다.

그녀의 죽음 이후, 안 그래도 소원했던 둘 사이는 그 일로
더 멀어졌고, 어느새 난센 남작은 옆에 들러붙기 시작한 몇몇
간신들의 달콤한 감언이설에 취해버렸다.

평범했지만 그래도 덕이 있고 푸근했던 성정은 서서히 무너
지고, 이제는 무능한 영주의 표본이 되어버린 것이었다.

한때는 난센 남작과 함께 영지의 부흥을 꿈꿨던 버틀러였기에
몇 번이나 충언을 올렸지만 돌아온 것이라고는 더욱 싸늘해진 눈
빛뿐.

결국 버틀러는 모든 것을 잊으려는 듯 수련에만 매진했고,
그렇게 십여 년이 흘러버린 것이다.

버틀러는 병사를 시켜 무기고에서 연습용 바스타드소드 두
자루와 상질의 바스타드소드 두 자리를 내오게 해 프랭크에게

건네주었다.

네 자루의 검을 소중히 품에 안고 연무장을 빠져나가는 프랭크를 보며 버틀러는 무거운 표정을 지었다.

'미안하네.'

진심이었다.

고작 여인 한 명을 얻기 위해 모든 것을 버리려는 프랭크를 혼내려는 심산으로 1년 정도만 농노 생활을 시키려 했었다. 그리고 적당한 때가 되면 다시 그를 불러들여 영지군 병사들을 맡기려고 했었다.

알리시아의 죽음으로 그를 불러들일 기회를 놓쳐 영원히 농노로 살아가게 할 줄은, 그때는 몰랐었다.

영지의 부흥을 바라던 자신의 꿈도 함께 사라질 줄도……, 그때는 몰랐었다.

'술이 간절해지는군.'

버틀러는 술을 찾아 자신의 집무실로 향했다.

＊　　＊　　＊

탁자 위에는 연습용 바스타드소드와 진검인 바스타드소드, 이렇게 네 자루의 검이 놓여있었다. 프랭크는 네 자루의 검을 내려다보며 무거운 눈빛을 발하고 있었다.

프랭크의 눈에는 밝지 않은 표정의 버틀러가 담겨있었다.

아무리 프랭크가 농노라고는 하지만 사냥꾼인 만큼 일주일에 한 번씩 신선한 고기를 세금으로 바치기 위해 영주성으로 간다.

프랭크에게도 귀가 있고 눈이 있다.

당연히 버틀러의 현재 생활이 귀에 들어오고 눈에 보이는 건 자명한 일.

"휴우-."

시름을 털기 위해 내뱉은 한숨이 오히려 가슴을 더 무겁게 짓눌렀다.

"다녀오셨어요?"

안나가 개울에서 세탁한 빨래가 한가득 담긴 바구니를 들고 오두막 안으로 들어왔다.

"응."

프랭크는 네 자루의 검에서 시선을 거두며 안나를 쳐다보았다.

"마음이 좋지 않은 모양이네요."

안나는 탁자 위에 놓인 네 자루의 검을 보고는 프랭크의 마음을 대략적으로나마 읽어낼 수 있었다.

"칼스는?"

프랭크는 쓸쓸한 마음을 감추기 위해 화제를 돌렸다.

"아이들이랑 마을에 내려갔어요."

안나의 대답에 프랭크는 고개를 끄덕이며 다시 탁자 위에 놓인 네 자루의 검으로 시선을 돌렸다.

“일주일 정도 사냥 못할 거야.”

솔직히 일주일도 부족하다.

하지만 그 정도면 칼스에게 기초를 가르쳐줄 수 있을 정도는 될 것이다.

“걱정 말아요.”

프랭크는 바스타드소드 진검 두 자루와 연습용 가검 한 자루를 질기고 두꺼운 가죽에 말아 침실의 침상 아래에 숨겼다. 아무리 버틀러의 허락을 받았다고 해도 사람들의 눈에 뜨여봐야 하등 좋을 것이 없기 때문이었다.

“며칠 집을 비울거야.”

“뒷마당에서 하지 않고요?”

놀란 눈치.

동그랗게 변한 눈에 의자 아래 간소하게 꾸려진 배낭이 보였다. 안나는 그 배낭 하나 만으로 프랭크의 마음가짐을 충분히 느낄 수가 있었다.

누구도 아닌 칼스에 관한 일이다.

거친 미래에 단단한 기반을 마련해주고 싶은 프랭크의 마음을 어찌 안나가 모를 수 있을까. 그녀 역시 칼스의 어머니인 것을.

“잠시만요. 도시락 싸줄게요.”

안나는 곧 표정을 수습하며 주방에 들어섰다. 그리고 간단하게 먹을 수 있는 육포 같은 음식들로 도시락을 꾸렸다.

"몸조심해요."

안나의 신신당부에 프랭크는 잠시 얼굴에서 지웠던 순박한 웃음을 보이며 그녀를 가볍게 안았다.

"다녀올게."

프랭크는 바스타드소드를 등에 메고 오두막을 나섰다.

안나는 마당까지 배웅 나와 그가 숲속으로 사라지는 모습을 끝까지 지켜보았다.

*　　　*　　　*

프랭크가 익숙한 발걸음으로 조심스럽게 수풀을 헤치고 숲 깊은 곳으로 들어서자 제법 깊은 강물이 마치 뱀처럼 구불구불 흐르고 있었다.

프랭크는 그 강물을 따라 30분가량 숲속으로 더 깊게 들어가자 낙폭이 대략 10여 미터가 훌쩍 넘어 보이는 폭포가 모습을 드러냈다.

목적지가 바로 이곳이었다.

프랭크는 폭포 아래에서 간단한 세안으로 땀을 닦은 후 세차게 떨어지는 물줄기 옆으로 걸음을 옮겼다.

떨어지는 물과 폭포 안쪽의 절벽 사이에는 미묘한 틈이 있었다.

프랭크는 머뭇거림 없이 절벽과 물줄기 사이로 들어섰다.

물에 흠뻑 젖겠다 싶을 때, 절벽 중앙에서 물줄기에 가려진 자그만 동굴이 모습을 드러냈다.

폭포에 가려진 동굴의 안쪽은 제법 넓어서 그가 지내는 통나무집 거실의 넓이 정도는 됨직했다. 또한 의외로 습기가 적어 물줄기가 닿는 동굴 입구를 제외하고는 그다지 꿉꿉하게 느껴지지 않았다.

하지만 그렇게 느껴지기만 할 뿐이지, 실내가 눅눅한 것은 엄연한 사실.

프랭크는 동굴 한쪽에 쌓아둔 장작 몇 개를 빼와 바로 불을 지폈다. 잠시 후 온기가 돌자 그나마 느껴지던 습기마저 이내 사라졌다.

이곳은 프랭크가 며칠에 걸쳐 사냥을 해야 할 때 머무는 곳이었다.

이런 숲속에서의 잠자리는 굉장히 위험하다.

이 동굴은 폭포가 장막처럼 가리고 있어 자신의 체취를 흉성이 살아있는 맹수나 간혹 모습을 드러내는 포악한 몬스터가 맡을 수 없도록 완전히 지워주기 때문에, 이보다 나은 은신처는 없다고 생각해도 무방할 정도로 안전한 곳이었다.

동굴을 간단하게 정리하고 안나가 싸준 도시락으로 대충 끼니를 때운 프랭크는 바스타드소드를 들고 다시 동굴 밖으로 나갔다.

폭포가 떨어지는 물웅덩이 가에는 넓지는 않지만 평평하게 다져진 공간이 있었다.

프랭크는 그 중앙에 서서 바스타드소드를 움켜잡았다.

빠드득!

검자루를 둘러싼 가죽이 기분이 나쁠 정도로 손에 착 감겼다.

순간 입술에서 고소가 지어졌다.

"휴우―."

프랭크는 깊은 한숨으로 감상을 떨쳐냈다.

고작 일주일이다.

그 시간 안에 과거의 감각을 찾아야 한다.

그나마 다행이라면 십여 년간 사냥을 업으로 삼았다는 것이다.

사냥도 일종의 전쟁이다.

맹수와의 전쟁, 그리고 몬스터와의 전쟁.

덕분에 적어도 완전히 긴장을 놓지는 않았다는 뜻이다.

프랭크는 바스타드소드를 들어 과거의 감각을 빠르게 찾아
갔다.

＊　　　＊　　　＊

"아버지는요?"

코델의 성화에 낮 동안 마을에 내려갔던 칼스가 저녁 식사
시간에 맞춰 돌아왔다.

"숲에 가셨단다."

“숲에요?”

아침에 일이 있다며 나갔던 프랭크였다. 그런 그가 숲에 갔다니 의아하다는 생각이 들었다.

평소처럼 저녁상을 차리는 안나의 모습에 칼스는 그저 버틀러가 사냥을 나갔나보다 하고 미뤄 짐작하고 말았다.

“언제 돌아오신대요?”

솔직히 왜, 무엇을 하러 갔느냐보다 언제 오는지가 더 궁금했다.

일주일 후부터 프랭크에게 검을 배우기로 한 까닭 때문이었다.

솔직히 홀로 검을 익힌다는 것이 막막해서 프랭크의 가르침을 은근히 기대하고 있었다.

검술에 관한 지식이야 머릿속에 넘치게 담겨있으니, 프랭크에게서 기초만 탄탄하게 배울 수만 있다면 이후에는 스스로 길을 개척해나갈 자신이 있었다.

“한 일주일쯤 걸릴 거라 하시더구나.”

“네.”

칼스는 고개를 끄덕이며 홀로 생각에 빠져들었다.

묘한 흥분으로 기분이 들떴다.

맨손 무예야 마음만 먹으면 시작할 수 있다지만 검술은 달랐다. 검술에 가장 중요한 건 바로 검이었다.

검이 있어야 수련을 할 수 있기 때문이었다.

하지만 검이라는 것은 구하고 싶다고 해서 구할 수 있는 물건이 아니었다.

'어떤 검을 쥐게 될까? 롱소드? 바스타드소드? 투핸드소드? 브로드소드?'

칼스는 지식 속에서 서양의 검들을 하나하나 떠올렸다.

아마도 프랭크가 자신이 익힌 검을 전수하려는 바, 그가 사용했던 검을 들게 될 것이다.

일주일 후면 자연스레 알게 되겠지만 이상하게도 참기 힘들었다.

'일주일, 하루가 지났으니까 6일인가? 꽤나 힘든 시간이 되겠어.'

칼스는 피식 웃음을 삼키며 음식을 삼켰다.

*　　　*　　　*

그리고 6일의 시간이 흘렀다.

칼스에게는 너무나도 느리게, 프랭크에게는 빛살처럼 흐른 시간이었다.

칼스는 들뜬 마음에 밤새 뒤척이다 잠이 들었다고 느낀 순간 눈을 번쩍 떴다.

꽉 닫힌 창문 틈새를 비집고 들어온 빛이 창틀의 윤곽을 확연하게 비추었다.

귀를 기울여보니 주방 쪽에서는 아침을 준비하느라 달그락

거리는 소리가 희미하지만 분명하게 들려왔다.

히죽 웃음이 지어졌다.

칼스는 자리에서 벌떡 일어나 굳게 닫힌 창문을 활짝 열어 젖혔다. 겨울의 매서움이 한풀 꺾였다지만 여전히 쌀쌀한 바람이 순식간에 칼스를 스치고 방안에 가득 불어 들어왔다. 하지만 칼스에게는 여느 봄날의 싱그러운 바람보다 더 시원하고 상쾌하게 느껴졌다.

아침 찬바람에 정신을 차린 칼스는 옷을 챙겨 입고 주방 겸 거실로 나갔다.

"잘 잤어, 아들?"

아침을 하던 안나가 방긋 웃음을 보였고,

"일찍 일어났구나."

프랭크는 막 짠 염소젖이 담긴 그릇을 말끔히 비우며 탁자에 내려놓았다.

"안녕히 주무셨어요?"

칼스가 탁자로 다가가 앉자 안나는 염소젖이 담긴 그릇을 앞에 내려놓았다.

염소젖을 마신 후 얼마 되지 않아 여느 때와 달리 푸짐한 아침상이 차려졌다.

들뜬 마음에 음식 맛도 제대로 느껴지지 않았다. 그렇게 아침상이 치워지자 프랭크가 방에서 가죽으로 둘둘 말린 길쭉한 것을 가지고 거실로 나왔다.

겉으로 드러난 대략적인 윤곽만으로도 칼스는 단숨에 검임을 알아차렸다.

"선물이다."

쿵!

묵직한 소리가 탁자 위를 덮쳤다.

가슴이 콩닥콩닥 뛰기 시작했다.

아이러니하게도, 검술은 접해봤지만 실제로 검을 만져보기는 처음이다.

칼스는 천천히 손을 뻗어 가죽을 풀어헤쳤다. 가죽 속에는 한눈에도 길이 잘 들어 보이는 가죽 띠를 칭칭 동여맨 검자루가 눈에 들어왔다.

'바스타드소드구나.'

딱 좋았다.

바스타드소드는 굳이 분류를 하자면 한손용 검인 롱소드와 양손용 검인 투핸드소드의 중간 크기였다. 즉 롱소드보다 약간 큰 크기에 검자루가 그보다 길어 한 손과 양손 어느 쪽으로든 다룰 수 있는 검이었다.

칼스가 전생에서 익힌 검술은 대부분이 환도를 이용한 전통 검술이었다.

물론 바스타드소드가 외날 도검인 환도보다 무게가 더 나가고 길이가 더 길지만, 환도와 똑같이 한 손으로든 양손으로든 자유자재로 사용할 수 있다는 점이 무엇보다 마음에 든 것이다.

즉, 다른 검보다 좀 더 쉽게 자신이 알고 있는 검술을 적용
시킬 수 있는 검이라는 뜻이기도.했다.

스르릉!

칼스는 저도 모르게 흡족한 미소를 지으며 검집에 꽂힌 바
스타드소드를 뽑았다. 검집과 검날이 스치며 듣기 좋은 마찰
음이 만들어졌다.

'이게…… 진짜 검!'

칼스는 손을 뻗어 검신을 부드럽게 쓰다듬었다.

아이처럼 좋아하는 칼스의 모습에 프랭크와 안나의 마음은
복잡해졌다. 그래도 저 모습을 보니 아이는 영락없이 아이인
가 싶었다.

'응?'

좋아하던 칼스의 눈이 살짝 커졌다.

검인데 날이 없다는 것을 깨달은 것이다.

"연습용 바스타드소드다."

가검이었다.

칼스가 연습용 바스타드소드에서 프랭크에게로 시선을 돌
렸다.

"진검은 나중에 주마."

프랭크의 진한 부정이 느껴졌다.

"고맙습니다."

당연히 칼스의 목소리에도 진심이 묻어나왔다.

“자, 그럼 나가볼까?”
프랭크가 자리에서 일어났다.

제**11**장
검술훈련

순박하고 사람 좋아 보이는 미소는 바스타드소드를 잡는 순간 사라졌다. 강렬한 눈빛이 가득한 프랭크에게서는 위압감이 드러났다.

'이것이 10년 넘게 검을 손에서 놓고 있던 사람의 모습이라는 말인가?'

칼스는 프랭크가 말해주었던 과거가 결코 허언이 아니었음을 깨달았다. 솔직히 조금은 과장된 면이 없지 않을까 했는데, 달라진 프랭크의 모습을 보니 오히려 축소시켜 들려준 것이 아닐까 싶을 정도였다.

"일단 검술을 가르치기에 앞서 몇 가지 이야기를 해주마."

프랭크의 목소리는 낮았지만 힘이 가득했다.

"마법사에게 서클이라는 개념으로 단계가 있듯 검을 든 자에게도 단계가 있다."

모르는 사실이었다.

새로운 지식에 칼스는 귀를 기울였다.

"검에 무슨 단계가 있겠느냐 싶겠지만 실제로는 총 세 단계로 나뉜다. 마나 유저, 마나 익스퍼트, 그리고 마나 마스터다."

프랭크의 설명에 의하면 이러했다.

대기에는 전생에서 알고 있는 초자연적인 기운인 '기(氣)'와 유사한 기운이 있는데 이 기운을 총칭하는 단어가 바로 '마나(Mana)'였다.

마법사 이외에도 마나를 사용하는 자들이 있는데, 그중 검사들을 이 마나의 단계에 따라 세 등급으로 나눈다는 설명이었다.

가장 하위 등급인 마나 유저(Mana user)는 대자연의 강대한 기운인 마나를 몸에 받아들인 이들이다. 마나 유저가 되면 전체적인 체력과 힘, 민첩성 등의 신체 능력이 비약적으로 상승한다고 한다.

그 다음 마나 익스퍼트(Mana expert).

몸에 담은 마나를 활용하여 얻는 힘이 신체의 기본적인 힘을 뛰어넘기 시작하는 단계로, 마나 익스퍼트가 되면 소드 에 코를 울릴 수 있다.

즉, 마나가 몸에서 벗어나 검에 이르게 되어 검과 하나가 됨은 물론이요, 검이 가진 순수한 힘을 극대화시킬 수 있는 경지인 것이다.

날카로운 검은 더욱 날카롭게.

무거운 검은 더욱 무겁게.

빠른 검은 더욱 빠르게.

그럼으로써 가진 검술의 질이 한 단계 성장한다.

마지막으로 검사들의 애끓는 목표이자 새로운 출발지이기도 한 마나 마스터(Mana master)는 말 그대로 마나의 지배자이다.

마나 마스터가 되면 외형적으로 구분이 모호한 마나 유저나 마나 익스퍼트와 달리 마나의 기운을 유형화시킬 수 있다. 검사 개인의 성향에 따라 색을 달리하지만 유형화된 마나를 검에서 뽑아낼 수 있다는 것이다.

'드래곤과 마법사가 있는 곳.'

칼스는 프랭크의 설명을 들으며 잊고 있던 아이의 지식을 떠올렸다. 아울러 칼스의 머릿속에서 자신이 알고 있던 지식과 비교를 했다.

'마나 유저는 내공을 익힌 이들이고, 마나 익스퍼트는 검명을 울리는 자이겠군. 그리고 마나 마스터는……'

검기(劍氣), 아니면 검강(劍罡)을 발현하는 자라는 소리다.

“마나 마스터의 마나 소드(Mana sword)는 모든 것을 자르는 극강의 힘이다.”

역시나.

그 후로 자잘한 부연 설명이 뒤를 이었다.

“그럼 어떻게 하면 마나를 몸에 쌓을 수 있나요?”

두근두근.

기를, 아니, 마나를 몸에 쌓을 수 있다.

상상만 하던 무협소설 속의 무림인이 될 수 있다는 생각에 가슴은 요동치기 시작했다.

“열심히 수련을 하면 된다.”

담담한 프랭크의 답에 칼스의 눈가가 살짝 찌푸려졌다.

“이 녀석.”

그런 칼스의 모습에 프랭크의 눈에 웃음이 지어졌다.

“아들아, 세상에 왕도는 없다.”

왠지 모를 불안함.

“열심히 수련을 하다보면 어느 순간 마나가 느껴질 것이다. 그때부터는 들숨으로 몸에 마나를 받아들인 후 몸 밖으로 다시 빠져나가기 전에 검을 휘둘러 몸에 각인시키며 쌓는 수밖에 없다.”

저도 모르게 실망한 눈치가 드러났다.

프랭크가 칼스에게 다가서서는 큼지막한 손으로 머리카락을 흩트리듯 머리를 쓰다듬었다.

"언젠가는 마나를 다룰 수 있는 날이 올 게다."

'언젠가는······.'

칼스는 속으로 중얼거렸다.

자신에게는 단전호흡이 있다.

그리고 기 수련을 위한 단학도 익혔다.

적어도 단전의 의미를 알고 소주천과 대주천을 안다.

허구가 아니라 실존하는 기공술.

이것이라면 프랭크가 말하는 언젠가를 크게 앞당길 수 있을 것이다.

'뜻이 있는 곳에 길이 있는 법.'

칼스는 단단히 의지를 다졌다.

"모두가 그렇게 수련을 해서 올라가나요?"

문득 궁금했다.

프랭크를 무시하는 건 아니지만, 농노군 백인대장이었다고 해도 모든 것을 다 알지는 못하는 법.

"유서 깊은 기사 가문이나 전문적으로 기사를 배출하는 아카데미에서 마법사들의 도움을 받는다는 이야기는 들은 적이 있구나. 마법사들이 일정 범위에 마나를 집약시켜 좀 더 효율적이고 빠르게 마나를 느낄 수 있게 한다고는 하는데, 직접 보지는 못해 정확히 이렇다하게 해줄 수 있는 이야기는 없다."

'그렇구나, 마법사가 있었어.'

단지 프랭크의 말을 맹신하여 특별한 수련법이 없다고 단정

할 수는 없겠지만, 뚜렷한 심법이 없는 것은 확실할 듯싶었다.

"마르케시의 피와 이 아비의 피를 이은 너라면 그런 거 없어도 충분히 마나를 가질 수 있을 게다."

"네?"

상당한 충격.

칼스는 동그랗게 떠진 눈으로 프랭크를 쳐다보았다.

"이 아버지를 너무 무시하는 거 아니야?"

"그, 그럼 아버지도?"

"거창하지는 않지만 미약하게나마 마나를 몸에 담았다."

프랭크가 이두근을 드러내며 히죽 웃었다.

"마나 유저?"

"그럼 시작해볼까?"

프랭크가 다시 바스타드소드를 들어올렸다.

"그 전에 한번 볼 수 없어요? 보고 싶어요."

솔직히 궁금했다.

그리고 직접 보고 싶었다.

전생에서 단전에 기를 쌓으면 초인이 된다는 무도가들의 말, 그리고 상상과 영화 속의 무인들. 정말로 그처럼 움직일 수 있을까, 정말로 그런 위력을 낼 수 있을까 확인하고 싶었다.

"좋아."

크그극!

프랭크는 들고 있던 바스타드소드를 바닥에 깊게 꽂으며 샌드백을 향해 몸을 돌렸다.

"잘 봐라."

수련에 있어 동기부여가 중요하다는 것을 익히 아는 프랭크였다. 수련에 있어 좀 더 현실적인 목표, 마나 유저라는 눈에 보이는 목표가 있다면 칼스가 좀 더 수련에 집중할 수 있을 거라 생각한 것이다.

샌드백 앞에 선 프랭크가 몸을 웅크렸다.

약간은 엉성해 보이는 자세.

하지만 몸에서 뿜어져 나오는 기세는 피부를 따갑게 찌르는 듯했다.

파앙!

빛살처럼 꽂힌 프랭크의 주먹은 샌드백을 단번에 'ㄱ'자로 꺾어버렸다. 출렁거리는 샌드백의 움직임에 맞춰 프랭크의 몸이 옆으로 빠르게 움직였다.

엄청난 속도였다.

파방! 파바방!

프랭크의 움직임은 출렁기리는 샌드백보다 빨랐나.

아울러 주먹은 하나의 돌덩이를 연상시킬 만큼 무겁고 빨랐다. 프랭크의 주먹질은 우악스러운 주먹다짐 그 이상도 이하도 아니었지만 그 궤적 속에는 나름의 절제가 담겨있었다.

체계적인 수련이 아닌 실전을 통해 단련된 주먹질임이 분명했다.

오랜 농노군병 생활 동안 터득한 체술이리라.

너무나도 달라진 프랭크의 움직임.

퍼엉!

흥분과 놀라움이 가득한 눈으로 프랭크의 움직임과 주먹을 쫓던 그때, 샌드백에서 마치 자그만 폭탄이 터지는 듯한 폭음이 터져 나왔다.

후드득-, 쏴아아아-.

샌드백 옆구리가 터지고 그 안에 담긴 모래가 바람에 흩날렸다. 그리고 날려가지 않은 모래가 바닥으로 쏟아져 내렸다.

"으헥. 콜록콜록. 퉤퉤퉤!"

모래를 한가득 뒤집어쓴 프랭크가 모래를 삼켰는지 연신 기침을 하며 침을 내뱉었다.

'이, 이게 마나의 힘인가?'

칼스는 그저 엄청나다는 생각밖에 할 수 없었다.

상상과 영화 속처럼 하늘을 난다거나 일검으로 태산을 자르는 정도는 아니지만, 그것만 해도 일반적인 상식의 선을 훨씬 넘어선 모습이었다.

"후우-, 이런."

프랭크는 걸레가 된 샌드백을 쳐다보며 눈살을 찌푸렸다.

"끄응, 다시 만들어야겠군."

앓는 소리.

샌드백을 두들기다가 저도 모르게 흥분한 모양이었다.

"잘 봤어?"

프랭크는 바닥에 꽂았던 바스타드소드를 빼들며 물었다.

"대단해요."

"그렇지?"

칼스의 대답에 프랭크의 입가에 미소가 지어졌다. 아버지를 존경하는 아들의 눈빛이 흡족하기 그지없었다.

"힘든 수련이 될게다."

"예."

대답하는 칼스의 눈동자에서 굳센 다짐이 떠올랐다.

"그럼 시작할까?"

프랭크는 칼스 앞에 다시 바스타드소드를 들고 섰다.

그러자 잠시 순박하고 따뜻한 아버지의 모습으로 돌아갔던 프랭크는 다시 위압감으로 가득 찼다.

"잘 보거라."

프랭크는 바스타드소드로 연이어 허공을 베었다.

주먹을 이용한 체술과는 달리 프랭크의 검은 투박했지만 상당히 매끄러웠다.

하지만 농노군병이라는 신분의 한계 때문인지 프랭크의 검술은 기본 검술의 개념에서 크게 벗어나지 못한 궤적을 그렸다.

간혹 변칙적인 움직임이 보이기는 했지만 나름 기본에 충실한 검술임에는 틀림없었다.

즉, 기본에 충실하면서도 기본 검술의 한계에 직접적인 경험을 채워 넣어 보강한 느낌이 강한, 그런 검술이었다.

비록 몸으로 익힌 적은 없었지만 수많은 검을 보았고 머리로나마 익히기까지 한 칼스는 프랭크의 검이 그려낸 궤적을 놓치지 않고 따라갈 수 있었다.

전체적인 느낌은 확실히 전생의 서양의 검에 많이 흡사했다.

베기는 벤다기보다 부숴버리기에 더 집중된 무거운 느낌, 그러면서도 찌르기는 예리하면서도 매섭게.

그렇게 프랭크는 빠르게 한 번, 그리고 느리게 한 번, 다시 빠르게 한 번, 도합 세 번에 걸쳐 시범을 보였다.

'흠……'

칼스는 프랭크의 검술을 보며 속으로 감탄을 삼켰다.

나중에 프랭크의 검술에서 나름 가감을 해야겠지만 지금 당장 기본 검술로 익혀도 괜찮을, 생각보다 느낌과 궤적이 좋은 검술인 까닭이었다.

"후우-."

시범을 끝마친 프랭크가 잠시 숨결을 고른 후 다정한 눈으로 칼스를 쳐다보았다.

"지금이야 검이 눈에 다 들어오지 않겠지만 열심히 하다보면 언젠가는 눈에 익고 몸에 배는 날이 올 거다."

프랭크의 말과 달리, 칼스는 완벽하다고는 할 수 없지만 대략적인 검의 궤적을 이미 머릿속에 담았다. 천재라서가 아니라, 프랭크의 검이 기본 검술에 가까웠고, 이미 여러 검술을 숙지하고 있었기에 가능한 일이었다.

"검술의 가장 기초는 베기와 찌르기다. 어떤 검술도 이 범위에서 벗어나지 않는다. 잘 보거라, 이게 네가 가장 먼저 배울 세 동작이다."

프랭크는 다시 바스타드소드를 들어 깔끔한 동작으로 검을 위에서 아래로 베었고, 이어 좌에서 우로 길게 베었다. 그리고 빠르게 정면으로 바스타드소드를 찔렀다.

'십자(十字)베기와 찌르기로군.'

동양 검술에서도 기본 중의 기본인 검세와 똑같았다.

간단한 세 동작이었지만 프랭크는 정말로 심혈을 기울여 몇 번이나 같은 동작을 되풀이했다.

틱!

프랭크가 검을 휘두르고 찌를 때 붉은 점 하나가 툭 날아와 칼스의 손등에 떨어졌다.

'피?'

칼스는 손등에 묻은 피를 확인하며 고개를 들어 프랭크의 손을 쳐다보았다.

"수직베기, 가로베기, 그리고 찌르기. 이 세 동작을 시작하자."

그러는 사이 프랭크가 시범을 마치고 서있었다.

칼스는 검자루를 쥐고 있는 프랭크의 손을 쳐다보았다. 프랭크의 손과 검자루는 피로 얼룩져 있었다.

순간 마음이 울컥했다.

　그러고 보니 단순히 사냥을 간 줄 알았던 프랭크가 어젯밤에 빈손으로 돌아왔다. 그냥 허탕을 쳤구나 싶었는데 그게 아니었던 것이다.

　자신에게 검을 가르치기 위해 일주일간 수련을 한 게 틀림없었다.

　그것도 손바닥에 허물이 벗겨지고 물집이 터질 정도로.

　"열심히 할게요."

　칼스는 울컥이는 마음을 최대한 숨기며 담담하게 말했다.

　"그럼 열심히 해야지."

　프랭크는 그런 칼스를 듬직하게 여기며 애정이 담긴 눈빛을 보였다.

＊　　＊　　＊

　후우욱- 후우욱-.

　칼스의 바스타드소드가 느릿하게 허공을 갈랐다.

　위에서 아래로, 좌에서 우로, 그리고 우에서 좌로. 다시 사선으로.

　동양검술의 가장 기본이 되는, 빛 광(光)자 베기라고도 불리는 팔방(八方)베기였다.

　공을 들여 천천히 허공을 벤 칼스는 역시나 천천히 검을 찔렀다.

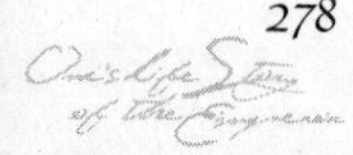

흔히 느리게 검을 휘두르는 것이 더 쉬울 것이라 생각하지만 그것은 틀린 생각이었다. 빠르게 휘두르는 것보다 정확한 자세로 느리게 휘두르는 것이 더 어려웠다.

그 수련을 옆에서 지켜보는 프랭크는 혀를 내둘렀다.

칼스가 정말 자신의 자식이 맞나 싶을 정도로 지독하게 수련을 하는 모습 때문이었다.

자신도 과거 독기라면 누구에게도 뒤지지 않을 정도로 독했다. 하지만 지금 칼스의 수련을 보고 있자면 자신보다 더 하면 더 했지 못하지는 않을 정도였다.

'그나저나, 정말 대단해!'

혀를 내두르던 프랭크의 얼굴에 감탄이 어렸다. 칼스의 지독한 연습의 결과이기는 하지만 하루가 다르게 성장하는 모습이 가히 경이적이라고 해도 과언이 아니기 때문이었다.

그뿐만이 아니었다.

며칠 전, 자신이 가르쳐준 기본 세 동작을 수련하던 칼스가 갑자기 기본 동작을 늘려봤다고 했다. 솔직히 별로 기대를 안 했는데, 길스가 보여준 찌르기를 포함한 아홉 개의 기본 동삭은 생각 그 이상이었다.

프랭크가 생각하기에 완벽한 기본 동작이 아닐까 싶을 정도였다.

마르케시 가문의 피가 그저 흐르기만 한 건 아닌 모양이었다.

이 기본 검술 훈련만 완벽히 익힌다면 그 어떠한 검술도 모두 익힐 수 있을 것이 분명했다.

"무릎이 꺾인다."

흐뭇한 마음이 들수록 프랭크의 질책은 엄해졌다.

"검의 힘은 하체에서 나온다."

"예, 아버지."

알고 있는 사실.

하지만 알고 있어도 스스로 깨닫기 힘든 지적이었다.

칼스는 다시 하체에 힘을 단단히 주고 다시 검을 휘둘렀다.

"검끝이 흔들린다. 느려도 좋으니까 정확한 자세를 취하거라."

스승이 있다는 건 정말로 좋은 일이라는 것을, 칼스는 요즘 들어 절실하게 느끼고 있었다.

프랭크의 지적 하나하나를 따로 떼어서 보면 아무것도 아니지만 크게 모아 그림을 그려보면 다르다. 아울러 정확한 자세를 취하고 스스로를 감시하는 데 쏠릴 정신을 오로지 수련에 매진하는 데에만 쓸 수 있으니 그만큼 성취도 빨랐다.

"헉헉헉!"

이른 아침 동이 트기 시작할 무렵부터 시작한 수련은 해가 중천에 뜬 무렵에야 끝이 났다.

칼스의 몸은 물에 들어갔다 나오기라도 한 것처럼 땀으로 흠뻑 젖어 있었다.

"오늘부터 이걸 차고 구보를 하거라."

프랭크가 두 개의 가죽 주머니를 내밀었다.

가죽 주머니에는 모래가 반쯤 담겨있었다.

지친 몸을 이끌고 30분 가량의 구보도 버거운 상태였지만 칼스는 아무 말 없이 가죽 주머니를 받아 발에 찼다.

"열흘에 한 번씩 모래를 조금씩 채워라."

모래주머니가 생각보다 크고 모래가 반쯤만 담긴 이유가 바로 무게를 늘리기 위해서였다.

이 수련이 아니어도 칼스는 충분히 웨이트 트레이닝을 하고 있었다. 물론 프랭크도 그 사실을 알고 있었다. 하지만 상체만큼 하체가 따라주지 않는 취약점을 알았기에 수련의 강도를 높인 것이었다.

"다녀오겠습니다."

칼스는 무거워진 다리를 이끌고 구보에 나섰다.

힘든 수련임에도 불구하고 묵묵히 따라주는 칼스의 뒷모습을 보며 프랭크는 대견함을 느꼈다.

*　　*　　*

겨울이 가고 가을이 왔다.

챙챙챙챙-.

쇠붙이와 쇠붙이가 부딪히는 요란한 소리가 숲속의 아침을 깨웠다. 바로 프랭크와 칼스가 연습용 바스타드소드를 들고 대련을 하고 있는 소리였다.

검과 검이 뒤엉키고 몸과 몸이 교차하는 순간.

"큭!"

프랭크의 바스타드소드가 칼스의 허벅지를 가격했다.

"아래가 빈다고 몇 번이나 이야기했더냐?"

엄한 목소리.

수련에 한하여, 프랭크는 결코 다정한 아버지가 아니었다. 타인보다 더 독하고 엄하게 칼스를 몰아붙였다.

프랭크의 지도하에 검을 익힌 지 6개월.

칼스가 프랭크의 지도를 마치 스펀지가 물을 빨아들이듯 자신의 것으로 만든 건 불과 한 달 전이었다. 물론 꾸준히 기본 검술을 연습하고 있었고, 프랭크가 독자적으로 발전시킨 검술도 수련하고 있었지만, 더 이상 프랭크가 옆에서 지켜보며 지적을 해주지 않아도 될 정도로 성장한 것이다.

그래서 프랭크는 한 달 전부터 직접 검을 맞대며 자신의 경험을 물려주고 있었던 것이다.

"한 번 더요."

절뚝거리는 다리를 주무르며 칼스가 자리에서 일어났다.

사실상 엄하게 대하는 프랭크였지만 지난 6개월은 그에게 있어 놀라움의 연속이었다. 못해도 1년 정도는 칼스를 지도해야 할 줄 알았는데, 벌써 서로 검을 맞댈 수 있을 정도로 성장해버린 것이었다.

이 속도로만 성장한다면 앞으로 6개월이 아니라 3개월도 못 돼 바닥을 드러낼 것 같았다.

그래서 프랭크의 눈빛은 조금 복잡했다.

단순히 칼스의 성장만을 보면 고맙고 대견스럽고 장한 반면, 아버지로서 더 많은 것을 물려주고 가르쳐주고 싶은데 그러지 못하는 자신이 한없이 못나게 느껴진 것이다.

하지만 착잡한 마음보다 대견한 마음이 더 컸다.

이런 성장이 단순한 재능 때문만이 아니라 피나는 노력에 의한 것임을 누구보다 더 잘 알기에 그런 마음은 더 했다.

"좋다."

프랭크는 흡족한 미소를 얼른 얼굴에서 지우며 다시 바스타드소드를 들어올렸다.

서서히 거리를 좁혀가는 칼스의 눈빛은 착 가라앉아 있었다.

'아직 멀었다.'

프랭크의 생각과 달리 칼스는 자신을 질책했다.

남들이 보면 대등하게 검을 마주하는 것으로 보일지 몰라도, 천만의 말씀. 프랭크는 자신과의 대련에서 한 번도 마나 유저로서의 힘을 사용하지 않고 있었다.

칼스는 자신에게 채찍질을 하며 프랭크에게 다시 달려들었다.

"흐아압!"

우렁찬 기합과 함께.

  *　　　*　　　*

밤이 깊은 시각.

뒷마당 곳곳에 횃불이 켜져 있었다.

쐐액- 쐐애액-.

그 횃불에 의지해 칼스는 검을 휘두르고 있었다.

팔방베기와 찌르기부터 프랭크가 가르쳐준 검술, 그리고 오늘 아침에 있었던 대련의 복기까지. 저녁 식사 이후 이어진 수련은 한밤중이 되어서야 끝이 났다.

"몸 상하지 않게 쉬엄쉬엄 하려무나."

떠다 놓은 물로 간단히 씻고 집에 들어서자 안나가 걱정이 가득한 목소리로 말했다.

"너무 걱정하지 마. 어련히 잘 알아서 하고 있구만."

프랭크가 특유의 순박한 웃음을 히죽 지었다.

"내일은 꼭 이길 겁니다, 아버지."

프랭크를 향해 드러난 의지.

"아직 멀었다!"

"칼스야! 여보!"

철없는 두 부자의 눈빛 교환에 안나가 소리를 버럭 질렀다.

"잘 자거라."

그 소리에 프랭크가 어깨를 슬쩍 들어 올리며 한쪽 눈을 깜빡였다.

"예, 안녕히 주무세요. 어머니도요."

칼스는 자신의 방으로 들어가 바로 눕지 않았다.

프랭크와 안나는 칼스의 하루 일과가 끝났다고 알겠지만 실제로는 그렇지 않다.

아직 수련이 더 남아있었다.

바로 마나 컨트롤이라고 스스로 명명한 단전 수련이었다.

검술 수련에 들어가면서 프랭크가 다루는 마나의 힘을 보고 체험한 칼스는 그날부터 본격적으로 단전 수련에 들어갔었다.

신발을 벗고 침상에 올라온 칼스는 익숙하게 가부좌를 틀고 앉으며 허리를 꼿꼿하게 세웠다. 팔은 편하게 발이 교차되는 곳의 위, 바로 단전 아래에 올려놓고 조용히 눈을 감았다.

단전호흡은 아이의 몸에서 깨어나면서부터 꾸준히 해오기는 했었다. 하지만 이전까지의 단전호흡은 단순히 전생에서의 습관이 이어진 것일 뿐.

하지만 지금의 단전호흡은 다르다.

마나라는 명확한 목표를 둔 수련이었다.

마음을 정갈하게 다듬은 후, 칼스는 호흡을 다스렸다.

무념무상(無念無想).

명상에 들어갔다.

이렇게 무념무상의 명상에 들어간 지는 일주일이 되지 않았다.

처음에는 큰 보름달을 떠올리는 것으로 시작해 차츰 크기를 줄여감으로써 결국 머릿속에서 모든 것을 지울 수 있게 된 것이었다.

'……?'

여느 날처럼 단전호흡에 집중하며 명상을 하는데 미묘하게 평소와 느낌이 달랐다.

마치 물먹은 솜처럼 나른하다고나 할까?

그렇다고 잠이 쏟아지는 것은 아니었다. 오히려 정신은 지금까지 명상을 해온 날의 그 어느 때보다 맑았다.

'뭐지, 이 느낌은?'

생소한 느낌.

나른한 몸이 사방에서 출렁거리는 무언가에 감싸이는 느낌이 들었다.

굳이 표현을 하자면 몸이 서서히 물에 잠기는 듯한 느낌이었다. 하지만 물속에 잠긴 것 같은 압력은 전혀 없었다. 오히려 허공에 몸이 둥둥 뜨는 듯한 느낌이 들 정도로 몸과 마음이 매우 가벼웠다.

"흐읍-."

마치 젤리 같은 물컹한 그 무엇이 길고 느린 숨결과 함께 들어와 폐부에 가득 차더니 의지에 따라 단전으로 쑥 내려갔다.

파르르르.

눈꺼풀이 떨렸다.

'……!'

칼스의 눈이 번쩍 떠졌다.

'마나다!'
 동시에 몸을 감싸고 있는 무게감과 몸속에서 느껴지던 젤리 같은 기운이 연기처럼 사라졌다.

제**12**장

마나를 거두다

"흐음-."

칼스는 양반다리를 하고 팔짱을 낀 상태로 침음성을 삼켰다.

"왜, 왜 그래?"

야시르였다.

"아니야. 아무것도……."

갈스는 말을 얼버무렸다.

아니, 야시르와 이야기를 나눌 정신이 없다고 해야 옳을 것
이다.

일주일 전, 마나를 느꼈다.

하지만 그때 한 번뿐이었다.

그날 이후로 칼스는 더 이상 마나를 느끼지 못하고 있었다.

잡힐 듯 잡히지 않는 마나로 인해 칼스는 요즘 답답한 심정이었다.

"뭔데?"

여전히 글을 떼지 못한 코델이 둘 사이에 고개를 불쑥 내밀었다.

"신경 쓰지 말고 공부나 해……."

칼스는 건성으로 대답했다.

"요즘 너 이상해."

코델이 눈초리를 얇게 만들며 칼스는 노려보았다.

"그냥 잡생각이 많아서……."

집요하게 파고드는 코델의 목소리에 칼스는 에둘러 대답했다.

"짜식, 뭘 그런 걸로 고민하고 그래?"

코델이 아무것도 아니라는 듯 대답했다.

"잡생각이 날 때에는 그냥 아무 생각도 나지 않을 정도로 몸을 움직여. 몸이 지쳐 나른해질 때까지 땀 나게 움직이는 거야."

"히히. 코, 코델 너다운 마, 말이다."

야시르가 코델의 말을 거들었다.

코델다운 말에 피식 웃음을 머금던 칼스의 눈가가 흠칫거렸다. 순간 하나의 생각이 머릿속을 스쳐지나간 것이다.

'그거였던가?'

곰곰이 그때를 돌이켜보면 그날따라 유달리 몸이 나른했다. 머릿속도 여느 날과 달리 아무런 잡생각이 들지 않을 정도로 맑았다.

말 그대로 무념무상의 명상에 빠졌던 것이다.

하지만 요 일주일간은 어떤가?

스스로 생각해봐도 완벽한 무념무상의 명상에 빠져들지 않았다. 마나에 대한 열망이 집중을 방해하여 잡생각이 불쑥불쑥 튀어나왔던 것이다. 물론 그때마다 최대한 마음을 다스려 다시 명상에 들어갔다지만 마나를 느꼈을 때만큼 완벽한 명상에 들어가지 못한 것은 사실이었다.

돌이켜보면 훈련에도 소홀하여 남아돈 힘이 몸 곳곳에 퍼져 마나를 느끼는 것을 방해했던 것이 분명했다.

'그거였어! 자연과 내가 별개의 존재가 아닌 하나, 완벽한 동화가 되어야 마나를 느낄 수 있는 거였어.'

"하하하하하!"

칼스는 가슴 한구석이 뻥 뚫리는 감정을 참지 못하고 웃음을 터트렸다.

"이잉?"

느닷없는 웃음에 코델이 낯을 찌푸렸다.

"고맙다, 코델."

"그럼 오늘 글공부 안 해도 되지?"

한눈에도 칼스가 정신없어 보이는 틈을 타 은근슬쩍 구렁이처럼 넘어가려는 수작. 눈치를 살피던 코델이 입언저리를 틀고 은밀히 책을 덮으며 슬금슬금 자리에서 일어났다.

"어, 어디가?"

야시르가 그런 코델의 바지춤을 움켜잡았다.

'야! 안 놔!'

코델이 입만 벙긋거리며 야시르의 손을 뿌리치려 애를 썼다. 하지만 야시르의 힘이 어디 보통 힘인가? 야시르는 그 흔한 기합 한 번 넣지 않고 힘으로 코델을 다시 자리에 앉혔다.

"멍충아!"

결국 코델이 소리를 버럭 질렀다.

"머, 멍충이는 너, 너다. 반년이 너, 넘게 다 모, 못 외웠잖아."

야시르의 반격.

"이 시키가 정말. 한 판 붙어!"

"시, 싫어. 나는 치, 친구랑은 아, 안 싸워."

귀가 아플 정도로 시끄러운 티격태격 소리.

그때 칼스가 자리에서 스윽 일어났다.

그 모습에 누가 먼저라고 할 것도 없이 코델과 야시르는 흠칫거렸다. 하지만 칼스는 그 둘을 지나쳐 웨이트 트레이닝 기구가 있는 곳으로 쓱 걸어가 버렸다.

"역시 요즘 수상해."

"으, 응. 나도 그, 그렇게 생각해."

코델과 야시르는 얼굴을 맞대며 칼스를 빤히 쳐다보았다.

　　　　*　　　*　　　*

　그날 저녁.

　칼스는 녹초가 되어 다리가 후들거릴 때까지 바스타드소드를 휘두르고 또 휘둘렀다. 입에서 단내조차 느껴지지 않을 정도로 격렬한 수련을 마친 칼스는 자신의 방으로 돌아와 힘겹게 가부좌를 틀고 앉았다.

　‘너무 무리했나?’

　잡념이 없는 정도가 아니라 너무 피곤해서 잠이 쏟아질 정도였다.

　하지만 나른하면서도 몸이 붕 뜨는 느낌은 있었다.

　피곤한 와중에도 마나에 대한 집착이 사라지지 않았는지 자꾸만 잡념이 명상에 불쑥불쑥 끼어들었다. 하지만 칼스는 애써 그런 잡념을 떨치지 않았다.

　아니, 정확히 말하자면 못했다.

　피곤함에 의식이 날아가 명상과 잠 사이에서 아슬아슬하게 줄타기하듯 왔다 갔다 하는 상태였기 때문이었다.

　그렇다보니 불쑥불쑥 튀어나오던 잡념도 서서히 사라지는 동시에 눈꺼풀도 깊게 내려앉았다.

　가수면(假睡眠)에 들어선 칼스는 마치 꿈을 꾸듯 마나를 느끼기 시작했다. 마나에 둘러싸여 무중력 상태처럼 둥둥 떠다니는 느낌은 한없이 편안했다.

아슬아슬하게 잠과 명상을 오가는 칼스의 정신이 서서히 깨어났다. 무의식 속에 깊게 각인된 마나에 대한 열망이 칼스의 잠을 자연스럽게 깨운 것이다.

'마나다.'

온정신에서 느낀 마나.

하지만 전처럼 흥분해 눈을 뜬다든지, 설레는 감정에 휘둘린다든지 하지 않았다. 최대한 몸에서 힘을 뺀 상태를 유지하며 천천히 숨을 깊게 들이마셨다.

젤리 같은 느낌의 마나가 칼스의 숨결을 타고 폐부에 가득 들어찼다. 칼스는 폐부의 마나를 의식적으로 아랫배로 밀어 넣었다.

좀처럼 움직이려하지 않던 마나의 기운이 칼스의 의지를 이기지 못하고 단전으로 쑥 내려갔다.

칼스는 잠시 숨을 멈춰 단전에 마나를 각인시킨 후 천천히 숨을 내쉬었다. 그러자 단전에 자리를 잡았다고 생각한 마나가 용수철이 뛰어오르듯 폐부로 튀어 오르더니 날숨과 함께 자연으로 돌아갔다.

몸 안에 마나를 담는다는 것이 쉬운 일이 아닐 것이라 여기긴 했지만 자취 하나 남기지 않고 몸에서 쑥 빠져나가자 허탈함마저 들었다.

'백번 찍어 안 넘어가는 나무 없고, 작은 물방울이 모여 커다란 바위를 뚫듯이…….'

칼스는 단전호흡에 집중했다.

"흐으읍. ……후우우ㅡ."

칼스는 이때가 아니면 다시 기회가 없을 거라 여기는 듯 끊임없이 숨결과 함께 마나를 단전에 밀어 넣었고, 마나와 함께 숨을 토해냈다.

그렇게 얼마의 시간이 흘렀을까.

눈동자를 뒤덮고 있는 눈꺼풀이 파르르 떨렸다.

느낌상 좁쌀 크기만 한, 아니, 어쩌면 그보다 작은 점일 수 있겠지만 어쨌든 단전에서 마나가 뭉쳤다.

'되, 된다!'

잔잔한 가슴에 파장이 일듯 희열이 그의 오감을 자극했다.

평정심이 흐트러졌기 때문일까?

주변을 가득 채우고 있던 마나가 신기루처럼 흐려졌고, 단전에 점을 찍은 마나도 흐트러지려 했다.

이 기회를 놓칠 수 없는 법.

칼스는 끓어오르는 희열을 애써 무시하며 다시 단전호흡에 집중했다. 그러자 희미해지던 마나가 다시 생생하게 느껴졌다. 하지만 아쉽게도 단전에 자리 잡았던 마나는 흩어져 자취를 감춰버렸다.

아쉬운 마음이 없지 않았지만 낙담하지는 않았다.

한 번 내딛었던 걸음.

다시 내딛으면 된다.

재차 시간이 흘렀고, 단전에 다시 마나의 점이 찍혔다.

그렇게 다시 얼마나 시간이 흘렀을까?

뾰로롱, 뾰로롱!

아침을 밝히는 새소리가 칼스의 귀에 부드럽게 파고들었다. 그 소리에 칼스는 숨을 가라앉히며 눈을 떴다.

꽉 닫힌 창문 틈으로 햇빛이 만들어낸 밝은 선이 그려져 있었다.

'벌써?'

고작 두어 시간 명상에 잠겼던 거 같았는데 어느새 밤이 가고 아침이 온 것이다.

믿겨지지 않는 사실에 칼스는 자리에서 일어나 창문을 활짝 열었다. 시원한 바람과 함께 아침을 알리는 햇살이 창문을 넘어 들어왔다.

믿어지지 않지만 명상으로 밤을 지새운 것이었다.

피곤도 할 법 한데, 아니, 피곤해야 정상인데……, 칼스의 몸은 날아갈 듯 가벼웠다.

그래서인지 아침 공기가 여느 때보다 상쾌하게 느껴졌다.

*　　*　　*

칼스는 통나무 의자에 앉은 채 오른손으로 단전을 매만졌다. 아침이 가고 낮이 되면서 마나가 찍은 점이 사라졌지만 마나가 머물렀던 느낌만은 지금도 생생했다.

저도 모르게 피어나는 미소.

기쁨을 주체하기 힘들었는지 칼스는 양 주먹을 불끈 쥔 채 홀로 희열을 감미했다.

"얼씨구?"

그 모습을 지켜보던 코델이 콧방귀를 꼈다.

"야, 야! 지, 집중해."

야시르가 코델의 옆구리를 팍팍 찔렀다.

"아프잖아, 멍충아!"

코델이 옆구리를 만지며 소리를 버럭 질렀다.

"머, 멍충이는 너, 너잖아!"

"이게 정말!"

코델이 자리에서 벌떡 일어나 눈에 쌍심지를 켰다.

"대, 대장!"

그러자 야시르도 자리에서 일어나며 칼스를 불렀다. 워낙 우렁찬 목소리라 칼스를 혼자만의 세계에서 나오게 만들었다.

"으, 응? 왜?"

"코, 코델이 자꾸 노, 농땡이를 피워."

"사돈 남 말 하시네. 그러는 너야말로 언제 복싱을 마치고 발차기에 들어갈래? 이 멍충아!"

"우씨, 너!"

"너? 뭐?"

둘은 지치지도 않는 모양이었다.

'그동안 내가 너무 무심했나?'

칼스가 프랭크에게서 검을 배우기 시작하면서 코델과 야시르에게 시간을 낼 수 없어 약간의 편법을 썼었다. 바로 야시르가 코델에게 글을 가르치게 했고, 반면 코델이 야시르에게 간소화시킨 킥복싱을 가르치게 한 것이었다.

물론 무작정 떠넘긴 건 아니었다.

글이야 원래 야시르에게 배웠으니 코델에게 가르쳐줄 실력이야 충분했고, 그때 코델은 킥복싱의 기술을 무섭게 빨아들여 더 이상 옆에서 가르치지 않아도 될 정도였기 때문이었다.

그래서 둘에게 서로를 가르치게 했는데 어쩌다보니 완전히 신경을 쓰지 못하게 되어버린 것이었다.

그도 그럴 것이, 아침에는 프랭크에게서 검을 배우고, 낮 시간에는 체술을 가다듬고 웨이트 트레이닝으로 체력을 기르며, 저녁에는 홀로 검을 수련하다보니 좀처럼 아이들에게 신경을 쓰지 못한 것이었다.

"코델."

"왜!"

칼스의 목소리에 코델이 버럭 소리치듯 대답했다.

"싫고 힘들어도 글은 배워라."

"아이 씨, 정말 배워야 해? 나 같은 놈이 글 배워서 뭐하게?"

코델이 투덜거리며 다시 자리에 앉았다.

"뭐하긴? 네가 그때 좋아했던 웅변 원고도 외울 수 있잖아."

"그건 이미 귀동냥으로 다 외웠지롱. 크크."

절로 한숨이 나오는 상황.

"코델."

칼스가 진지하게 코델의 이름을 불렀다.

"왜?"

칼스는 코델을 쳐다보다 야시르도 쳐다보았다. 그리고 다시 코델에게 눈을 돌렸다.

둘은 평생 믿을 수 있는 친구였다.

"나는 농노로 살아갈 생각이 없다."

칼스는 진중하게 자신의 생각을 밝혔다.

"너, 너?"

전혀 생각지도 못한 말을 들어서일까?

코델의 목소리가 눈동자처럼 살짝 떨렸다.

"무슨 생각을 하는 거야?"

코델의 표징에서 장난기가 사라졌다.

"다른 이는 몰라도 나는 이대로 살고 싶지 않다."

코델은 마른침을 꿀떡 삼켰다.

칼스가 뭔가 다른 아이들과는 다르다는 것은 어렴풋이 느끼고 있었다. 그리고 요 근래 몇 달, 칼스가 이상하다는 생각을 하고 있었다.

하지만 칼스는 자신의 상상 이상의 그 무엇을 생각하고 있었던 것이다.

"하, 하지만……."

"하지만, 뭐?"

"도, 도망칠 거야?"

코델은 굳은 표정으로 목소리를 한껏 낮췄다. 코델의 상식으로 농노를 벗어나는 길은 도망뿐이었다.

"아니."

칼스의 대답에 코델은 안도의 한숨을 내쉬며 표정을 풀었지만 딱딱하기는 여전했다.

"나, 나는 그, 그럴 거라 지, 짐작했어."

한편 야시르는 꽤나 담담했다.

"이, 잉?"

코델이 묘하게 낯을 찡그렸다.

"어떻게?"

이어서 야시르를 향한 질문.

"그, 글을 배우려는 거, 거하고……."

"거하고?"

"며, 몇 달 전에 수, 숨겨둔 바, 바스타드소드를 봤어."

칼스의 눈가가 살짝 가늘어졌다.

"우, 우, 우연이야."

하긴 야시르의 성격에 몰래 뒤져서 찾아내지는 않았을 것이다.

"그, 그리고 소, 손에 잡힌 굳은살을 보, 보고 그냥 짐작했을 뿐, 뿐이야."

칼스는 그 정도 단서만으로 자신의 생각을 알아차린 야시르에게 놀랐다.

그리고 그 사실을 알면서도 모른 척해준 야시르가 한편으로는 고맙기도 했다.

"바스타드소드?"

놀라 동그랗게 떠진 코델의 눈.

"이 새끼, 너무한 거 아니야? 그런 거 있으면 나도 끼워줘야지!"

역시나 몸 쓰는 데에는 빠지지 않으려는 코델이었다. 그리고 언제 심각했냐는 듯 앞의 대화는 싹 잊어버리고 만 단순함의 극치를 보여주는 모습이기도 했다.

"코, 코델."

당연히 야시르가 코델을 말렸다.

"마, 맞다. 끄응."

코델도 민망한시 자세를 가다듬었다.

"나중에 가르쳐주기다."

그러면서도 끝내 검에 대한 집착을 보였다. 지극히 코델다운 모습이었다.

칼스는 고개를 절레절레 저으며 다시 말을 이었다.

“어쨌든 나는 이왕이면 같이 농노를 벗어나고 싶다. 너희들과 함께.”

“나, 나는 조, 좋아. 대장과 하, 함께라면……..”

야시르가 꾸밈없는 미소를 보였다.

“이 몸이 빠질 수 없지.”

코델도 가슴을 쭉 내밀며 가슴을 탕탕 쳤다.

“그런데 글은 안 배우고 함께하면 안 되겠냐?”

은근슬쩍 흘린 제안.

“머, 멍충아!”

“이게 누가 멍충이야! 멍충이는 너야!”

“휴우-.”

둘의 시끌벅적한 말다툼에 칼스는 한숨을 푹 내쉬었다.

그래도 혼자가 아니라 함께라서 좋았다.

* * *

“코델과 야시르에게 검을 가르치고 싶다고?”

프랭크는 선뜻 허락하지 않고 오랜 시간 고민에 빠진 모습이었다.

“이유를 물어봐도 되겠냐?”

“앞으로 제게 힘을 보태줄 친구라 여겼어요.”

칼스의 대답에 프랭크가 묵묵히 고개를 끄덕였다.

다시 이어진 고심의 흔적. 그러나 길게 이어지지는 않았다.

"허락하마. 단, 조건이 있다."

프랭크의 조건은 그다지 어려운 것이 아니었다.

첫째, 검 수련은 오로지 오두막 뒷마당에서만 할 것.

둘째, 수련은 칼스가 시킬 것.

바로 이 두 가지였다.

"제가요?"

"내가 전해준 검술을 전부 가르쳐줄 것인지 말 것인지는 네가 판단하거라. 그리고 둘에게 검을 가르쳐주다보면 의외로 많은 것을 배우게 될 게다."

"고맙습니다, 아버지."

"그렇다고 해도 수련을 게을리해서는 안 된다."

부모가 가지는 당연한 자식 걱정.

"네."

그렇게 해서 칼스는 오후 시간에 코델과 야시르에게 검을 가르치게 되었다.

쉽게 검을 구할 수 있는 입장이 아니다보니 칼스누 프랭크와 자신이 사용하는 연습용 바스타드소드를 코델과 야시르에게 빌려주었다.

"우와아!"

코델은 바스타드소드를 손에 쥐자마자 그 자리에서 껑충껑충 뛰며 좋아했다.

코델은 칼스가 검을 가르쳐주겠다고 말한 즉시 골목대장 자리를 내놓았다고 했다. 그리고 코델답게 다음 골목대장은 가장 쎈 놈이다, 라고 아이들에게 툭 던져놓았다고 했다.

그래서 지금 숲마을 아이들은 서로 치고 박고 싸운다며 난리도 아니라고 했다. 그 모습에 코델이 '아이들이 다 그렇지 뭐.'라고 했다나 어쨌다나.

"다시 한 번 말하지만 수련은 여기서만 하는 거다. 그리고 누구에게도 검을 배운다고 말하지 말고."

칼스는 확실하게 다짐을 한 번 더 받았다.

"으, 응."

야시르.

"나 입 무거운 남자야. 하하하하."

그리고 코델.

칼스는 고개를 끄덕이며 야시르에게서 바스타드소드를 건네받았다.

"좋아, 그럼 처음 배울 건 기본 세 자세."

칼스는 중단세 자세를 잡았다.

쐐애액-.

칼스는 바스타드소드로 매섭게 수직베기에 이어 가로베기를 선보인 후 벼락처럼 그 중앙을 찔렀다. 프랭크가 그랬던 것처럼 천천히 세 동작을 다시 펼쳤고, 그에 이어 한 번 더 빠르게 검을 휘둘렀다.

“우, 우와!”

야시르는 감탄사가 터져 나왔다.

그 옆에 서있는 코델의 눈은 여느 때보다 반짝 거렸다.

“알았어. 생각보다 간단하네.”

코델은 바스타드소드를 손에 꼭 쥐며 칼스가 선보인 세 동작을 따라 검을 휘둘렀다. 하지만 검이라는 것은 옆에서 보는 것처럼 간단하고 만만한 것이 결코 아니었다.

부우웅-.

코델의 검은 날카로운 소리를 만들어내지 못하고 마치 몽둥이를 휘두른 것처럼 둔탁한 소리가 났다.

“그게 아니야. 몸의 중심이 너무 높아. 다리를 좀 더 벌리고 하체에 힘을 줘. 검은 팔이 아닌 다리로 휘두르는 거라 생각해.”

“알았어.”

코델은 칼스의 지적에 군말 없이 자세를 고치며 다시 바스타드소드를 들어올렸다. 코델은 무서울 정도로 집중력을 보이며 검을 휘둘렀다.

쓰우웅-.

한결 파공음이 내끄러워졌다.

확실히 코델은 운동에 관한 재능은 타고난 것 같았다.

반면 야시르는 힘은 굉장히 좋고 머리도 뛰어났지만, 운동신경만큼은 타고나지 못했다. 그래도 야시르의 장점이라면 무엇이든지 열심히 한다는 것이었다.

야시르는 칼스의 지도하에 열심히 바스타드소드를 휘둘렀다.

*   *   *

쐐애애액-.

코델의 바스타드소드가 벼락처럼 위에서 아래로 뚝 떨어졌다. 그런 바스타드소드가 물 흐르듯 방향을 틀며 좌우를 매섭게 가르는가 싶더니 사선을 베어나갔다.

그 검을 보고 있자니 그저 대단하다는 말밖에 나오지 않았다.

검을 수련한지 고작 한 달.

코델은 찌르기를 비롯해 십자베기를 지나 팔방베기마저 능숙하게 펼치고 있었던 것이다. 킥복싱에서 뛰어난 운동신경을 보여주더니 검 수련에서도 굉장한 집중력과 학습력을 보여주고 있었다.

칼스는 고개를 돌려 야시르를 쳐다보았다.

부우웅-.

야시르는 코델이 늘상 하는 말처럼 몸치였다.

엄청난 신력을 타고났음에도 불구하고 몸으로 하는 건 그다지 재능이 없는 모양이었다.

그나마 십자베기와 찌르기에서는 곧잘 따라왔는데, 팔방베기에 들어가면서부터 완전히 자세가 무너지는가 싶더니 애써 자세를 잡아놓았던 십자베기와 찌르기까지 엉망진창으로 망

가지고 있었다.

'이거 참.'

고민이었다.

그렇다고 야시르가 농땡이를 피운다거나 열심히 하지 않는 것도 아니었다. 손에 물집이 잡힐 정도로 열심히 수련을 했다. 문제는 몸이 노력만큼 따라오지 못한다는 것이었다.

'어쩐다.'

고심하는 순간 전생에서의 기억이 하나 떠올랐다.

팔극권의 고수 이서문과 그의 한 제자에 관한 일화였다.

무술에 재능은 없지만 우직하고 노력하는 모습에 단 하나의 투로(鬪路), 진보붕권 한 식만 가르쳤다고 했다. 그 제자는 십 수 년 간 오로지 진보붕권을 익혔고, 결국 그 진보붕권 하나만으로 이름을 날린 고수가 되었다는 일화였다.

'우직하고 노력하는 자. 거기에 신력이라면……'

칼스는 일화에 나온 이서문의 제자와 야시르를 번갈아 떠올리며 자리에서 일어났다.

"야시르."

칼스는 땀을 뻘뻘 흘리며 바스타드소드를 휘두르고 있는 야시르를 불렀다.

"왜, 왜?"

"이제부터 다른 거 하지 말고 오로지 십자베기만 해. 수직베기, 그리고 가로베기. 이거 두 개만 익혀. 그리고 킥복싱에서 발차기는 익히지 말고 복싱만 연습하고. 무슨 말인지 알지?”

“내, 내, 내가 너, 너무 모, 못해서 그런 거야?”

잔뜩 의기소침한 모습.

“내가 재미있는 이야기를 해줄게. 옛날에 이름을 날린 한 기사가 있었는데…….”

칼스는 이서문과 그 제자의 이야기를 이름과 상황을 살짝 바꿔 이야기해주었다.

“그, 그러니까 내, 내가 그 제, 제자?”

“그래. 너는 엄청난 힘도 있으니까 차라리 한 우물만 파는 거야. 완벽한 검은 알고도 못 막는다고 그랬어. 할 수 있지?”

“아, 알았어. 꼬, 꼭 그렇게 되도록 노, 노력할게.”

설명을 들은 야시르는 서운한 감정을 없애고 강한 의지를 드러냈다. 생각 이상으로 이서문의 제자에 관한 이야기에 감동을 받은 눈치였다.

칼스는 코델과 야시르를 가르치면서 프랭크의 말처럼 생각 이상으로 많은 것을 느끼고 있었다.

더불어 몰랐던 부분도 알게 되었고, 그로 인해 자신의 자세에 대해서도 다시 한 번 돌아보는 계기가 되었다.

*   *   *

침상 위에 가부좌를 틀고 앉아있는 칼스의 등 뒤로 창문이 활짝 열려있었다.

창문 너머로 울긋불긋 단풍이 든 나뭇잎은 낙엽이 되어 바람에 우수수 떨어졌다. 낙엽이 다 지고 앙상해진 나뭇가지 위에 눈이 소복이 내려앉아 눈꽃을 만들었다.

매서운 겨울바람이 봄바람에 밀려 따뜻한 기운을 실어 날랐고, 온통 새하얗던 세상은 푸르른 빛으로 바뀌었다.

푸름은 진한 녹색과 더불어 매미를 불러왔다. 매미의 울음은 다시 낙엽에 묻혀 사라졌고, 푸른 자연은 알록달록한 아름다움을 뽐냈다. 형형색색의 아름다움은 다시 새하얀 눈에 사그라졌고, 다시 초록빛 세상이 왔다.

초록빛 세상의 따사로운 봄볕은 아이에서 청년이 된 칼스를 비추고 있었다.

"……흐으읍."

칼스의 깊은 들숨은 점점 느려지고 느려져, 나중에는 한없이 느려졌다.

봄의 대자연 품에 잠들어 있는 마나가 폐부를 통해 단전으로 내려갔다. 새로운 마나를 반긴 것은 주먹만큼 커져 있는 단단한 단전이있다.

후우우웅–.

마나와 마나가 만나면서 서로 공명했다.

공명은 하나의 파장이 되어 칼스의 전신을 훑었다.

"후우우–."

마나를 단전에 남긴 후 뿜어져 나오는 날숨.

동시에 숨결을 정리했다.

뾰로롱, 뾰로롱-.

아침을 알리는 새소리에 칼스는 조용히 눈을 떴다.

번쩍!

시퍼런 안광이 칼스의 눈에서 한순간 기광을 터트렸다가 사라졌다.

『제왕록 무장편』 2권에서 계속

생사금고

한이담 신무협 장편소설

ORIENTAL FANTASYSTORY & ADVENTURE

2010년, 무협계를 강타할 신인의 등장!

한이담 신무협 장편소설

전대기인이 소림에 제자로 들어간다?
30년 만에 출도한 절대고수, 음모에 빠지다!

소림에서 벌어진 충격적 살인사건.
그러나 그것은 거대한 음모의 시작에 불과했다!

dream
books
드림북스

Dark Blaze

다크 블레이즈

김현우 판타지 장편소설

FANTASYSTORY & ADVENTURE

『레드 데스티니』, 『골든 메이지』의 작가!
김현우 판타지 장편소설

십 년 전쟁의 승리에 파묻힌 충격적 비화.
제국이 아버지의 죽음을 감췄다!

알파드 공의 죽음과 엘리멘탈 프로젝트의 실체.
뒤틀린 진실을 알기 위해 아르미드 남매가 복수의 칼을 들었다!

dream books
드림북스

신마협도

권용찬 신무협 장편소설

ORIENTAL FANTASYSTORY & ADVENTURE

『철중쟁쟁』, 『칼』, 『상왕진우몽』의 작가!
권용찬의 탄탄한 구성과 흡입력 있는 이야기.

악의 본질을 꿰뚫어 본 사람만이
진정한 협을 말할 수 있다!

철저한 악인으로 살아온 지난 세월을 모두 벗어 던지고
가슴으로 말하는 협(俠)의 길 위에서 천하를 질타한다!

천마금

예측불허의 상상력 『야차왕』의 작가, 가나.
그가 선보이는 천하제패를 향한
영웅들의 거대한 한판승부!

소리로 세상을 보는 아이, 서문무휘.
파천의 음악으로 난세에 출사표를 던진다!

마도군림 삼십 년간의 평화는 폭풍전야에 불과했다.
지금 절대강자들이 난무하는 군웅할거의 시대가 시작된다!

dream books
드림북스